『国文』第九十巻第十二号（令和三年十二月刊）

源氏物語葵巻の〈もののけ〉表現

——顕露まで——

森　正人

一　はじめに

物語における〈もののけ〉の役割は大きい。六条御息所、葵上、紫上、浮舟などの主要な登場人物たちは、これがために身の上を左右され、光源氏も〈いきずたま〉によって葵上と六条御息所を失い、一方で若紫の君を妻とする条件が整う。後年、六条御息所の死霊による紫上の重篤な病が、柏木と女三宮の密通を引き起こす背景となり、その結果として薫が誕生する。光源氏は、こうしてたびたび〈もののけ〉に翻弄された。そのような意味で、〈もののけ〉は源氏の物語を展開させると言ってもよい。たしかに、〈もののけ〉は光源氏を脅かし、破滅に引きずりこもうとする邪悪な力ではある。しかし、自身の認識は知らず、それは光源氏に外在するものというより、彼の超越性すなわち高貴な身分、優れた容姿と才芸、政治的手腕、そしてそれらと不可分に、倫理を踏み外し社会規範を逸脱した恋愛を通じて、人間関係、男女関係を取り結ぶなかから生み出されたと言うべきではないか。[1]

このように源氏物語に〈もののけ〉の占める位置は大きく、これとかかわらせて物語の構想、人物の造型と内面描写について読解と批評が続けられてきた。しかし、それらの成果は〈もののけ〉の疾病とこれに対処するための宗教的行儀に関する精確な知識に基づいていなかったために、一面的であることをまぬがれない。一方、宗教学、民俗学、歴史学、精神史学等の分野では、〈もののけ〉に関する調査と分析が進み、近年その成果が相次いでまとめられている。ここに、それらが達成したところを参照しながら源氏物語の読解を進めていく環境が整った。とはいえ、近年の〈もののけ〉研究は平安時代の平仮名文献を資料とすることには慎重で、しかも学術分野それぞれに固有の目的と方法があって、その成果が作り物語の研究に参看しやすいものとはなっていない。また、仮名文学に関する注釈研究の蓄積を、他分野の〈もののけ〉研究に適切なかたちで提供できなかった憾みもある。

こうした事情に鑑みて、本研究は、〈もののけ〉に関する諸分野の成果を参照し、批判的に継承しつつ、古代の心身観および霊魂観にかかわる諸課題に検討を加えるとともに、源氏物語読解の基礎を確かなものにすることをめざす。ここでは、葵上が〈もののけ〉を発症し、六条御息所の〈いきすだま〉が光源氏に正体をほのめかす顕露までの過程について、ことがらの意味と背景を説明し、当事者および関係者の言動と心理の語られ方がどのような意味を持つかを読み解くものである。

二 葵上の〈もののけ〉発症

「葵」巻、賀茂の斎院が交替し、新斎院の御禊の行列が行われる大路で、葵上方と六条御息所方との車争い（車の所争い）が起きた。葵上の患いが始まったのはそれからである。おりしも葵上は懐妊中で、周囲の人々も「ゆゆしうおぼして」、さまざまの「御つつしみ」を執り行う。その具体は記されないけれども、母体の安全と無事の出産を期して攘災と招福のために各社寺へ祈願の使いが立てられ、陰陽師による祭儀が催行されたであろう。

ところが、周囲の懸念が現実のものになってしまう。

大殿には、御もののけめきていたう患ひ給へば、誰も誰もおほし嘆くに（中略）めづらしきことさへ添ひ給へる御悩みなれば、心苦しうおぼし嘆きて、御修法や何やなど、我が御方にて多く行はせ給ふ。(2)

この「御もののけめきて」について、諸注は「もののけ」の本義と派生義に関する理解に混乱が見られ、次に掲げる最新の『源氏物語(二) 紅葉賀—明石』（岩波文庫 二〇一七年）の注が唯一適切である。

（葵上が）霊の作用と思われるご様子でお苦しみになるので。「もののけ」は霊魂が発する「気」の現れまたは霊魂自体。「御」は葵上への敬意。

現れの一つが心身の不調。「御」は葵上への敬意。

いま少し補足して説明するならば、〈もののけ〉という言葉の本義は、霊・鬼・天狗・霊力ある動物（狐など）等の劣位の超自然的存在が人に付いて、その発する気により心身に不調が生じている状態を言い、そこから転じて心身の不調を引き起こす霊的存在そのものを指す。(3) ここの「もののけめきて」は葵上の心身の状態を表しており、したがって「御」を加える。(4)

験者による修法等は光源氏方で行われ、葵上の身には次のような事態が起きる。

もののけ、いきずたまなどいふもの多く出で来て、さまざまの名のりする中に、人にさらに移らず、ただみづからの御身につと添ひたるさまにて、ことにおどろおどろしう、患はし聞こゆることもなけれど、また、片時離るるをりもなきものひとつあり。いみじき験者どもにも従はず、執念《しふね》き気色おぼろけのものにあらずと見えたり。

源氏物語の諸写本は「いきすたま」と表記し、新日本古典文学大系、岩波文庫は「いきずたま」、新編日本古典文学全集、『源氏物語注釈三』（風間書房）では「生霊《いきすだま》」と本文を立てる。和名類聚抄が「窮鬼」の項に「伊岐須太萬」の訓を示し、類聚名義抄に「窮鬼　イキズタマ」、色葉字類抄に「窮鬼　イキスタマ　生霊　同」と掲出する。校注書それぞれの立て方に根拠は認められるが、本論文では基本的に「いきずたま」を用いる。

ただ、ここでの「もののけ、いきずたまなどいふもの」という続け方が理解しにくい。これについては玉上琢彌『源氏物語評釈第二巻』（角川書店）に次のように説かれたことがあった。

物怪とは、人にとりついて、人を病気にさせる妖怪、死霊、生霊のごとき霊物をいう。本文にいうように、「物怪、生霊などいふもの」と、物怪と生霊を別個のものとして区別する場合もあるが、二者共に同種のものである。

これに対して、『新潮日本古典集成　源氏物語二』の頭注は一歩踏み込んで、〈もののけ〉と〈いきずたま〉とを次のように別個のものと断定する。

「もののけ」は、死霊や妖怪。「生霊」は、現在生きている人の怨霊。

しかし、この説明には根拠がなく、たとえば後文に「大殿には、御もののけいたう起こりて（中略）この御いきずたま、故父大臣の御霊などいふものあり」と、葵上の「御もののけ」の原因として、御息所の「いきずたま」と故大臣の「御霊」を並べる続け方とは齟齬を来してしまう。「もののけ」は心身の不調または霊物に対する一般的な称、「いきずたま」はその個別の名称と見るのが自然である。とすれば、ここは二語を並列と解するのでなく、「もののけ」が主題を提示する文節で、「いきずたまなどいふもの」以下がそれを具体的に説明する述部と見なせばよい。「などいふもの」は、単なる例示の「など」とは異なり、なじみのないものを取り立てる語で、〈いきずたま〉に対する語り手のうとうとしい態度が表現されている。

それらが「出で来て」「名のりする」とは、葵上に付いている霊物が、験者の修法によって霊媒に駆り移され、霊媒の口を通して正体を明らかにすることを言う。公家日記は「顕露」の語を用いる。「さまざまの名のりする」という句によって、複数の霊媒者が用意されていたことが窺われる。〈もののけ〉を病む者にはしばしば複数の霊物が付く。彰子中宮の御産に当たっては、複数の験者が、霊物を駆り移した複数の霊媒をそれぞれ担当して調伏していることが、紫式部日記の記事から知られる。

験者が修法によって〈もののけ〉を調伏するには二とおりの方法があった。霊物に付かれている病者に法力を直接向けて霊物を責める方法と、病者から霊物を一旦離して霊媒に駆り移し、霊物の付いた霊媒に法力を加える方法とである。後者は小右記の永延三（九八九）年七月二十三日、永祚二（九九〇）年七月十日の記事によって、十世紀末には行われていることが知られる。研究者は「憑祈禱」[5]とも、「ヨリマシ加持」[6]とも称する。僧伝や説話集から推し量ると、古くは病者に直接法力を向ける修法が行われていたらしく、「憑祈禱」「ヨリマシ加持」は、阿尾奢《あびしや》法[7]を参考にしての改良型と見なされている。しかし、小右記の寛仁三（一〇一九）年一月十八日条には、霊媒を用いることなく〈もののけ〉を調伏しているという記事（後掲）があり、十一世紀に入っても二つが並行している。源氏物語では、「真木柱」巻の鬚黒大将の北の方の〈もののけ〉調伏に霊媒が用いられない。これも作品成立当時の状況を反映していると見てよい。

なお、修法に用いられる霊媒は、当時はまだ名称が確立していない。源氏物語にそれを呼ぶ語は見えない。わずかに、能因本枕草子（日本古典文学全集第二一九段）は、はじめ「うつすべき人」とし、後に「つき人」と呼ぶ。紫式部日記の彰子中宮出産の場面に「をき人」（「せき人」とする本もある）の語が見えるけれども、他に例を見ないから「つき人」の誤写と推測される。[8]この頃の貴族社会では女房や女の童が務めていたと見られる。やや降って職業化され、[9]「物託《ものつき》」（今昔物語集巻第二十七第四十）、「物付」（山槐記　治承二年十一月十九日、宇治拾遺物語第五十三等）の例が目に付くようになり、今日広く用いられる「よりまし」という語も十二世紀以降にしか見られない。

三　〈もののけ〉の調伏

葵上に付いている種々の霊物のなかに、験者たちも駆り移すことができず、持てあますものが一つあったという。「御身につと添ひたる」とは、霊物の憑依している状態を表現しているが、もとよりそれは人の目に見えないので、葵上の様態から周囲の人々がこのように思い描いていたということである。

〈もののけ〉を患う病者と引き起こす霊物との関係は、一般に〈もののけ〉（霊物）が人に「つく」と表現し、漢字表記する場合は「付」「附」「着」「著」「託」字が用いられる。それが「付く」（本論文は引用以外この表記に統一する）ことの具体は、接近・接触・接着に相当し、その作用の相は諸文献におおむね共通する。

たとえば紫式部集の詞書に説明される絵でもそうであった⑽。

絵に、もののけ付きたる女の醜きかた描《か》きたる後に、鬼になりたるもとの妻《め》を小法師の縛りたるかた描きて、男は経誦《よ》みて、もののけ責めたるところを見て

亡き人にかごとはかけて患ふもおのが心の鬼にやはあらぬ

この絵では、患っている女の後に描かれている「鬼になりたるもとの妻」が、〈もののけ〉の原因となっている霊物である。これを歌には「亡き人」として詠むから、死霊と見なしている。源氏物語の場合は、「験者どもにも従はず」と法力が奏功していないとするのに対して、この絵には、鬼として形象された亡妻の霊を「小法師の縛りたる」様が描かれていた。この小法師は護法を意味している。験者は登場しないけれども、それと同じ役割の夫の読経による法力が護法を招き寄せ、霊物を呪縛させている状態が描かれていると解釈される。なお霊媒は登場しない。

〈もののけ〉調伏に当たって、験者が護法と呼ばれる神霊を駆使することは、僧伝、説話集の類に多く見られる。次に示すのは、霊媒を用いることなく僧の法華経読誦によってなされた調伏である。

睿実君、請ニ趣テ、守ノ館ニ行テ法花経ヲ誦スルニ、未ダ一品ニ不及《およば》ザル程ニ、護法、病人ニ付テ、屏風ヲ投越《なげこ》シテ、持経者ノ前ニシテ一二百反許《へんばかり》打逼《うちせめ》テ、投《なげ》入レツ。其ノ後、病忽《たちまち》ニ止《やみ》テ　（今昔物語集巻第十二第三十五）

このように験者が病者の身体に直接触れることなく、これを動かし打ち責めるというのは、人の目には見えない護法が、病者に付いている霊物（これも見えない）を呪縛し懲らし戒めているという意味である。

ところが、平仮名文献には護法のことがほとんど記述されない。枕草子の「すさまじきもの」の段（新日本古典文学大系第二十二段）が数少ない例の一つである。

験者のもののけ調ずとて、いみじうしたり顔に、独鈷や数珠など持たせ、蟬の声しぼり出して誦《よ》みゐたれど、いささかさりげもなく、護法も付かねば、（中略）時のかはるまで読み極《ごう》じて（中略）「あな、いと験なしや」とうち言ひて

ほかには、能因本「前の木立高う、庭広き家の」（日本古典文学全集　第三一九段）、女の童を「うつすべき人」「つき人」として調伏を行う場面に見るばかりである。僧伝および説話集は、仏経の力、僧の験力の優れていることを語るところに目的を置き、修法、祈禱における効果を劇的に示すために護法を駆使する様が記述されるのであろう。枕草子は特定の僧の験力を語るものではな

いが、〈もののけ〉調伏の失敗（「すさまじきもの」）と成功（「前の木立高う」）とをそれぞれの典型として、全体的かつ継起的に記述する意図があったと見なされ、護法に言及することになったものであろう。[11]

一方、源氏物語をはじめとする作り物語や栄花物語等に護法が登場しないのは、これらの作品が〈もののけ〉に錯乱懊悩する病者、困惑し苦慮する周囲の人々、霊物の正体、言い換えれば人間関係に集約させて場面を構成し展開しているからであろう。仏菩薩や経の験、験者の法力は関心の中心にはならない。また、公家の日記でも、請ぜられた僧の名は記述されるが、記者にとって重要なことは験力の有無で、護法の存在とはたらきについては仏法の尊崇すべき霊異として筆端を及ぼすことをはばかったものか。

このように、平安時代中期、後期の人々にとって、〈もののけ〉病みに対する姿勢は一様ではなかった。関心の対象、対象への視線、記述の方法は文献によって異なる。「葵」巻では原因としての〈いきずたま〉とその正体に焦点化されていく。

　大将の君の御通ひ所、ここかしことおぼし当つるに、「この御息所、二条の君などばかりこそは、おしなべての様にはおぼしたらざめれば、恨みの心も深からめ」とささめきて、ものなど問はせ給へど、さして聞こえ当つることもなし。もののけとても、わざと深き御敵と聞こゆるもなし。過ぎにける御乳母だつ人、もしは親の御方につけつつ伝はりたるものの、弱目に出で来たるなど、むねむねしからずぞ乱れ現る る。

左大臣家では光源氏の通う女性を挙げて推測をめぐらし、「ものなど問はせ」る。それらの女性たちによる神への祈願、陰陽師を用いての呪詛なども疑われたことが示唆的に語られる。今昔物語集巻第十六第三十二に、姫君が「神ノ眷属」に付かれたために病になり、それは誰かの「語ラヒ」つまり祈願や呪詛によるものであったと明かされる説話がある。病に対しては、その原因によって対処を変えなければならない。「ものなど問はせ」とは、原因を陰陽師に占わせることの決まった表現である。

　大将入り給ひて、「今のほどは。薬師《くすし》どもに問ひはべれば、熱などにやおはすらむとなむ。もの問ふには、霊気《りやうげ》とぞ。
　　　　　　　　　　　　（うつほ物語「国譲りの中」）

　座主御病逐日有増、無力殊甚、就中昨今似無馮気、無被食、痢不止、又々令問陰陽師可示送子細者、書占方以師重含具趣遣三人陰陽師所。　（小右記　寛仁三年八月二十一日）

これらからも窺われるように、心身の不調を引き起こす原因は容易に明らかにならず、しばしば複合的でもあった。先にも述べたとおり、〈もののけ〉病みには、複数の霊物が付いている場合が多く、それぞれに対処を誤ってはならないので、原因の究明、霊物の特定は重視された。また、陰陽師によって占いの結果が異なることもしばしばあったから、複数の陰陽師に占わせることが多い。陰陽師（たち）は、葵上の〈もののけ〉の根本原因となっている霊物が何であるかを明らかにできなかったというのである。

四 〈いきずたま〉観念の基盤

葵上の患いは続く。

大殿には、御もののけいたう起こりて、いみじう患ひ給ふ。この御いきずたま、故父おとどの御霊など言ふものありと聞き給ふにつけて、おぼしつづくれば、身ひとつの憂き嘆きよりほかに、人を悪しかれなど思ふ心もなけれど、もの思ひにあくがるなるたましひは、さもやあらむとおぼし知らるることもあり。

「いたう」「いみじう」の語によって、〈もののけ〉の症状が深刻さを増してきたことが示される。葵上の〈もののけ〉の原因は、六条御息所の〈いきずたま〉、故父大臣の御霊などとの噂が御息所の耳にも届く。大臣の死霊が人の口にのぼるところには、過去に左大臣家とは政治的対立もあったらしいことが示唆される[12]ものの、六条御息所の〈いきずたま〉に収斂していく。

〈いきずたま〉については、藤本勝義[13]の、「記録類、文学作品を問わず、明確にはほぼ全く記されることのなかった」という判断に基づいて、源氏物語の独創性の大きさが強調されたこともあった。その評価は、今井上[14]により、「準拠すべき事例や共通観念が、作者の周辺にはそれなりにあった」と修正されている。枕草子「名おそろしきもの」（新日本古典文学大系第一四六段）のなかに言葉が見え、落窪物語第二に、女君の夫からの報復を受けた継母が、「いかでかいきずたまにも入りにしがな」と口惜しがる場面がある。やや降って、江談抄に、藤原佐理が藤原行成を生霊となって悩ませたとも、兼明親王の生霊が佐理を悩ませたとも語られる（前田家本七十八、類聚本第三―三十四・三十五）。〈いきずたま〉、生霊は、妬ましく、恨めしく思う者に対して思いを直接晴らすことができない場合に、身体を離れた霊魂が相手に付いて悩み患わせるものと考えられていたことが分かる。

源氏物語本文には、右のように「もの思ひにあくがるなるたましひ」と説明され、後出の歌には「空に乱るる我がたま」と詠まれる。それが「あくがる」とは、諸注、諸論が指摘するとおり、次に掲げる歌に詠まれるような「たま」の遊離と同じ感覚に基づく。

昔、男みそかに通ふ女ありけり。それがもとより、「今宵夢になん見え給ひつる」と言へりければ、男

　思ひあまり出でにしたまのあるならん夜深く見えばたま結びせよ　（伊勢物語第一一〇段）

和泉式部の歌には「たましひ」があくがれると詠まれる。

　宵のま逢ひてものなど言ひたる人のもとより、つとめて言ひたれば

　人はいさわがたましひははかもなき宵の夢路にあくがれにけり　（和泉式部続集）

これらを通じて「たま」と「たましひ」とは同じものを指すと言いうるかのようで、しかしそれは常にではない。この二つの言葉の意味用法は完全には重ならない。とはいえ、「たましひ」の語源、語義についての説が定まらないために、「たま」との関係を明らかにするのはむずかしい。平安時代の用法からは、「たましひ」は「たま」のはたらく側面を捉えたものかと見られるが、両者は、それが遊離する場合には区別されないので、ここでは措く。

　では、「たま」あるいは「たましひ」（この二語を区別しない場合には以下「魂」で表記する）は、生きている人からも、なぜどのようにして遊離するか。それは伊勢物語、後拾遺和歌集巻第二十雑六所載の和泉式部の歌「もの思へば沢の蛍も我が身よりあくがれ出づるたまかとぞ見る」などから知られるとおり、もの思いゆえである。深いもの思いを表現する和歌の類型的な修辞であるが、魂と夢見に関する古代の考えが基盤にあった。

　今昔物語集巻第三十一第九、常澄安永が旅にあって気がかりに思う妻のことを不破の関で夢に見、帰京して語り合わせると、妻もまた同じ夜に同じ夢を見ていたという。その夢とは、安永の寝ている関屋の隣の部屋で妻が見知らぬ童と食事をし、ついで同衾するのを目にして、安永は悪心を起こして飛び入ると誰もいないと気づいて目が覚めたというもので、このことについて話末評語に次のように述べている。

　此ヲ思フニ、妻モ夫モ此《か》ク同時《おなじとき》ニ同様《おなじやう》ナル事ヲ見ケム、実ニ希有ノ事也。此レハ、互ニ同様ニ不審《いぶか》シト思ヘバ、此ク見ルニヤ有ラム。亦、精ノ見エケルニヤ有ラム。不心得《こころえ》ヌ事也。

ここには、思いが昂ずると相手を夢に見る、逆に相手の夢に現れるとする俗信に基づいて、両人同夢という珍しいできごとの起きた理由を説明する一方で、「精」が見えたのであろうかと別の解釈を試みている。しかし、「不得心ヌ事」と言い添えることも

あって、その一文の意味するところは分かりにくい。この「精」を多くの注釈は「たましひ」と読むけれども、「鉄ノ精」（巻第九第四十四）、「水ノ精」（巻第二十七第五）などと同様「たま」と読むべきである。[15] 今昔物語集は「たましひ」に、「身弱ク魂動テ忽《たちまち》ニ死ヌ」（巻第十七第十七）、「和魂《やまとだましひ》」（巻第二十九第二十）のごとく「魂」字を宛てる。古く万葉集歌に、

魂《たま》合へば相《あひ》寝るものを小山田の鹿猪《しし》田《だ》守《も》るごと母し守《も》らすも

（巻第十二）

などと詠まれ、相思う男女がおそらくは夢を通じて逢うとされる「魂《たま》合い」[16]におけるがごとき霊魂の原初的なふるまいを念頭に置いて、「たま」の語を選び、「たましひ」と紛れぬよう「精」をもって表記したのであろう。

では、今昔物語集で、精が見えたとはどういうことか。ここは、夫が妻を、妻が夫を気がかりに思うあまり「たま」が身体を離れて、夫の「たま」が妻のもとへ、また妻の「たま」が夫のもとに行き、それが妻の夢に、また夫の夢にそれぞれ現れたと説明していると解してよいであろう。両人同夢は、万葉集のいわゆる「魂合い」に相当すると言うことができる。

遊離した魂は夢に見えるだけでなく、他者の心に関与することができると考えられていたらしい。落窪物語第三、女君の父の邸で法華八講が営まれ、継母北の方の娘三の君のかつての夫中納言も参列した。その折のこと。

三の君、中納言を今日や今日やと思ひ出で給ふに、さもあらでやみぬ。いみじう心憂しと思ひ出づるたましひや行きてそそのかしけん、こと果てて出で給ふに、しばし立ち止まりて、左衛門佐のあるを呼び給ひて「などか疎くは見る」との給へば

三の君は、中納言の来訪あるいは消息を心待ちにしていたが、そのようなこともないまま過ぎた。そのことを無念に思う魂が中納言のもとに行って促したのか、帰りがけに中納言はしばらく立ち止まって三の君の兄の左衛門佐に言葉をかけたという。左衛門佐に話しかける気になったのは、三の君の強い思いから身体を離れた魂が中納言にはたらきかけたのであろうかという説明である。

この経緯をたどると、深くもの思う人の魂は遊離し他者にはたらきかけ、動かす力を持つと考えられていたことが分かる。〈いきずたま〉は、このような遊離する魂のふるまいと同じ基盤を持つと言えよう。ただし、三の君の遊離魂は中納言に錯乱や病悩などの悪しき影響を与えていないから、〈いきずたま〉とは呼ばれない。

五　魂のふるまい

物語を少しさかのぼると、一方の御息所も御禊の日の葵上方との車争いをきっかけに、「御もの思ひの乱れに、御ここちなほ例ならずのみおぼさる」という有様で、他所に渡って御修法などさせるほどであった。このように記述される六条御息所の心の動揺が〈いきずたま〉を誘発したことは明らかである。そのことは、〈いきずたま〉の発動を語る場面にも次のように繰り返して語られる。

　はかなきことのをりに、人の思ひ消ち、なきものにもてなす様なりし御禊の後、ひとふしにおぼし浮かれにし心静まりがたうおぼさるるけにや、少しうちまどろみ給ふ夢には、かの姫君とおぼしき人のいときよらにてある所に行きて、とかく引きまさぐり、うつつにも似ず、猛くいかきひたふる心出で来て、うちかなぐるなど見え給ふことたび重なりにけり。あな心うや、げに身を捨ててや往にけむと、うつし心ならずおぼえ給ふをりをりもあれば

〈いきずたま〉のふるまいは、御息所自身の夢として体験されている。魂が夢を通じて活動することは、先掲の伊勢物語、和泉式部集の歌、今昔物語集巻第三十一第九に見た。そして、遊離する

魂は特定個人の身体に帰属すべきものでありながら、その人の意志や感情に従うものではないと考えられている。

　君恋ふる夢のたましひ行きかへり夢路をだにも我に教へよ　（元真集）

この歌には、夢を通じて恋しい人のもとに通う魂が、「我」とは別の自立した存在として捉えられている。なお、「夢のたましひ」は長恨歌にも用いられる漢語「夢魂」に基づく表現で、遊離する魂と夢見には中国の霊魂観の受容も考慮しなければならない。

こうした遊離魂の性質を重視する立場から、多屋頼俊[17]は、御息所のうちに「もの」が潜んでいて、心が動揺し統制を失うと、その「もの」は遊離し独自の行動をする、それが生霊であると説く。そのうえで、御息所は生霊については道義的にも宗教的にも責任を感じていないのであって、「葵上に対する嫉妬心が生霊になって、葵上を苦しめ、遂にこれを取り殺した、とする従来の伝統的解釈は誤り」とする結論を導いた。

これとは読解の観点と方法を異にしながら、増田繁夫[18]、今井上[19]らによって、〈いきずたま〉を発現させたものは六条御息所の嫉妬や怨恨ではない、あるいはそこに本旨はないという見解も提出されている。今井は、そのことを論ずるなかで、心と魂の関係に言及する。すなわち、御息所の〈いきずたま〉のふるまいについ

て、張龍妹[20]が「遊離する魂と心の二重構造」、また「恋の物思いによる遊離魂と、身の代わりに主体的な働きをする心の遊離、という二重構造」とする見解[21]をしりぞけつつ、

御息所の魂は「もの思ひ」のためにあくがれ出た。その身を捨ててさ迷い出たのは御息所の「心」であったと言ってもよいだろう。心と魂は本来同一のものではなかったと言われるが、この物語を見るかぎり両者はきわめて近しいものと捉えられている。

と説き、「あくがれ出た魂、あるいは心が、猛々しく葵上を打擲する」と解釈する。

こうした解釈に対して、藤井由紀子[22]は、「葵」巻から「身ひとつの憂き嘆きよりほかに、人を悪しかれなど思ふ心もなけれど、もの思ひにあくがるなるたましひは、さもやあらむ」という一節を示し、この対比構造からむしろ心と魂とが異なるものであることを読み取るべきと主張する。この指摘は正当であるとしても、「夢を通して御息所に自覚される現象が、すべて、「魂」ではなく、「心」の問題として描き直されている」と説き進めるならば、論点が移動しただけで、〈いきずたま〉の発現すなわち魂のふるまいそのものの問題性および魂と心との関係は不問に付されてしまう。

たしかに、魂も心も人間の精神活動を担うものであって、両者の関係を説明するのはむずかしいけれども、御息所の〈いきずたま〉がどのように語られているか、問い直さなければならない。

葵上が「音をのみ泣き給ひて、折々は胸をせき上げつつ、いみじう耐へがたげにまどふ」さまを示していたのは、御息所が夢に見る「とかく引きまさぐり」「うちかなぐる」行為によるものであることが明らかである。そして、夢のなかの行為は御息所の魂のふるまいであり、心にはない、魂固有の霊的な力によると見なしてよい。それは、霊物による人の病み患いがどのようなこととして思い描かれていたかを見れば分かる。三善清行の善家異記（逸文、政事要略巻七十所収）には、人の目に見えない疫鬼が椎《つち》をもって童子の首を打つや童子が病悩するできことが記される。今昔物語集巻第十六第三十二には、人の目に姿の見えなくなった男が牛飼童に命ぜられて、ある邸に侵入し小槌で姫君の頭や腰を打つと、姫君は「頭ヲ立《たて》テ病ミ迷《まど》フ」こと限りもなかったと語られる。牛飼童は神の眷属であって、誰かの依頼によって姫君に取り付いていたのであったという。男はその手先にされてしまったのである。疫病や〈もののけ〉は、霊物が病者の身体に力を加えあるいは心に作用することによって、病者が悩み患うものとされていた。それが「付く」ことの内実である。

遊離した魂としての〈いきずたま〉がそのようにふるまう時に、魂の主としての「我」あるいは「我が身」とはどのような存在なのであろうか。今昔物語集巻第二十七第二十に手がかりを求めたい。

東国へ旅に出ようとする男が京の辻で女と出会い、頼まれて民部大夫某の家まで案内する。女は近江国の者と名のり、道中立ち寄るように言って姿を消す。やがて民部大夫家で死人が出た様子で、事情を尋ねると、大夫は日頃患っていたが、この暁に「生霊現タル気色」で死んだという。男が近江国の教えられた家に寄ると、女は男に感謝を述べ礼物を贈った。女は民部大夫の妻であったが、通って来なくなったので、恨みに思い「生霊ニ成テ」殺したのであった。

この説話には次のような評語が加えられている。

此レヲ思フニ、然《さ》ハ、生霊ト云ハ、只魂ノ入テ為《す》ル事カト思ツルニ、早ウ、現《あらは》ニ我レモ思ユル事ニテ有ニコソ。

このような感想が生まれる理由は、この説話のやや変わった設定と構成にある。女の生霊はかねて民部大夫を患わせていながらその家を知らず、偶然出会った男に場所を尋ねなければならない。つまり、生霊は、それまでは「我レ」の知らぬ間に、言い換えれば「思ユル」という心のはたらきと無関係に発動していたのであった。ところが、この場合は女が男の親切を忘れていなかったことから、生霊は魂だけのふるまいではなく「我レ」の認知を伴っていたのだというのである。しかしながら、意外なことに驚く「早ウ」という表現から、こうしたありかたは、むしろ特異な事例であったと読める。前掲の藤井由紀子も指摘するように、まどろみの夢に見るだけで魂の遊離とふるまいをはっきりとは自覚しない六条御息所の〈いきずたま〉と同様である。[23] 御息所の〈いきずたま〉も、このように一律ではない魂に対する考え方のなかで形象されている。

続く御息所の「げに身を捨ててや往にけむ」という述懐は、

身を捨て行きやしにけむ思ふよりほかなるものは心なりけり

（古今和歌集巻第十八雑歌下）

に基づくもので、心もまた遊離していたのであった。諸注は魂の遊離と説明するけれども、引き歌および「うつし心ならず」の語が続くことを勘案すれば、従えない。

この時の心と魂の関係は、「引きまさぐり」「うちかなぐる」のが魂のふるまいであるとすれば、魂をそのようにふるまわせたのは心であると見るほかはない。魂が身体性をそなえ、認知、意志、感情を伴うという捉え方は、実のところ必ずしも異例ではない。たとえば、日本霊異記下巻第三十八縁に編者の夢が記述される。そこでは、景戒の「魂神《たましひ》」がみずからの死体のほとりに立ち、それを焼くとともに遺言を述べようとしても声が届かず、またそのことについて思量するなど、景戒自身の意識は明晰である。山折哲雄[24]は、夢として見られた「たま」と「からだ」の「二元的な対照性」を、「仏教以前的な、土着の身心論的な観念の反照」によって説明しようとするけれども、むしろ中国説話からの摂取を考えるべきであろう。これに似た霊魂の活動は、たとえば冥報記中巻（十九）[25]、遜迥璞《そんけいはく》が冥府に連れて行かれた後に蘇生する説話にも見られる。蘇った遜は眠っている自分の身体になかなか「就」くことができず、寝ている婢と妻に声をかけても届かず焦燥を覚えるという説話（今昔物語集巻第九第三十二にも引用される）として記される。また、離魂記（太平広記巻第三百五十八所収）という小説には、娘の魂が恋しく思う男のもとに奔り、子まで成し、後に家に帰り身体と合わさったと語られる。中国の志怪や伝奇の享受を通じて、日本の霊魂観、心身観も複雑化し多様化して、源氏物語にもその知識や想像が投影していると見なければならない。

六　心のはたらき

御息所にとっての「うつし心」とは、「身ひとつの憂き嘆きよりほかに、人を悪しかれなど思ふ心もな」いと自分では考えている心であった。幼い頃から后がねとして育てられ、深い教養、優雅な挙措はもとより、何より身分にふさわしい心の用いようが期待されたはずである。常に誇り高く保ち、感情をあらわにせず、とりわけ嫉妬は固く戒められるべきものであった。それでいて、夢の中では「猛くいかきひたふる心」が現れる。「猛くいかき」に敵意の激しさが、「ひたふる」に心の制御不能性が表され、そのように心がはたらくことを、我が身を捨てて行ってしまったのかと表現したのである。このように、御息所には〈いきずたま〉の発動とともに身分に似つかわしからぬ心が「出で来」たという。

このことについては、はやく犬飼公之[26]が次のように説いている。

「うつし心」と「うつし心ならざるこころ」の相剋、「現」（うつつ）と「現に似ざる」ことを合わせ持つことの葛藤であった。御息所の心はその二つに引き裂かれ揺れている。

また、長瀬由美[27]は、御息所が「御いどみ心」を自ら封ずる教養とたしなみを持つ女性として造型されていることを指摘し、〈いきずたま〉は、「抑制された本来的な心」と「自ら意識した心」とが交錯し、矛盾の果てに破綻する、そのような内面の問題を突き詰める方途としてつかみ取られたものであったと結論づける。今井久代[28]は、「心の葛藤の果てに魂が浮遊して生霊事件に至るという展開」によって「もう一つの心の姿を浮かび上がらせる」と、また遊離する魂を描くことをとおして、「人間存在の根底」「もう一人の自分」を描き出していると解釈する。藤井由紀子（先掲）も、物語が向き合っているのは、「人を悪しかれなど思ふ心もなけれど」と省みられる心とは別ものの、「思ふ」ことすら超えた心、「心のほかの心」という「潜在意識」であると論じている。なお、「心のほかの心」とは、源氏物語の影響下に成った寝覚物語の偽〈いきずたま〉事件における女君の述懐のなかに求めた表現である。

これらは、御息所の〈いきずたま〉の発動に関して、魂および心の他者性、心の重層性あるいは「我」の複数性を指摘する点で、おおむね同じ趣旨であると言ってよい。こうした解釈を認めたうえで、しかし、それだけでは問題の全容を捉えたとは言えないのではないか。御息所の〈いきずたま〉の独自性は、それが光源氏に語りかけるところに示される。

験者たちが持てあました〈もののけ〉（霊物）も責められ懲らされ、泣きわびて、「少し緩《ゆる》へ給へや。大将に聞こゆべきことあり」と訴えるので、その言葉に従って「あるやうあらん」と光源氏を病者の傍らに入れる。霊物の要求に応ずることも憑依による病悩を解消する手立ての一つであった。加持をとどめ、声を鎮めての法華経の読誦に替えたとあるから、験者たちの判断である。しかし、葵上の両親も光源氏も、この状況を正確には把握していない。光源氏は心をこめて語りかける。葵上が死を覚悟して別れを告げようとしていると思ったからであるが、そうではなかった。

「いで、あらずや。身の上のいと苦しきを、しばしやすめ給へと聞こえむとてなむ。かく参り来むともさらに思はぬを、もの思ふ人のたましひは、げにあくがるるものになむありける」となつかしげに言ひて、

嘆きわび空に乱るる我がたまを結びとどめよしたがへのつま

との給ふ声、けはひ、その人にもあらず変はり給へり。いとあやしとおぼしめぐらすに、ただかの御息所なりけり。

葵上に付いた〈もののけ〉（霊物）は、法力に責められる苦しさを訴え、正体をほのめかす。光源氏は、御息所にほかならないと直感した。はっきり名のらずとも、憑依している霊物の正体がそれと察せられることは例のないことではない。たとえば、小右記の寛仁二（一〇一八）年閏四月二十日条に、「夜部邪気託人、

不称名、気色似故二条相府霊［道兼］」と見える。藤原道長が数日前から苦しんでいる胸の病は〈もののけ〉で、人に移された霊物の様子は藤原道兼に似ているというのである。こうして、光源氏に語りかけるのは御息所から遊離し、葵上に付いている〈いきずたま〉であるということになる。〈もののけ〉（心身不調）を引き起こしている霊物がこのように正体を現すことを、和語では「出で来」「あらはる」「名のりす」と言い、小右記では、「従今日入道殿乍御身霊気顕露被調伏」（寛仁三年六月三日）のごとく「顕露」と表現する。なお、「御身乍ら」とは霊媒に駆り移すことなくという意味で、結果として源氏物語のこの場面と同じである。たとえば、次のように霊物が正体を明らかにすることは、敗北を認め退散につながる。

又僧延禅の童子久しく鬼狂に悩めり。延禅申し請ふ。食を施して之に与ふ。童子自ら縛せられて云はく、我は是神狐なり。護法に責められて、遁るる方を知らず。今より以後は永く以て去らむ、と。数年の病、一日に損平す。
（後拾遺往生伝上第三　入道二品親王、読み下し）

ただし、「葵」巻の〈いきずたま〉は葵上に付いたままであり、調伏されたとは言えない。しかし、法力によって抑制されているため、光源氏に弁明し哀訴するのである。その言葉と歌は、御息所の〈いきずたま〉のふるまいにかかわる魂と心の、これまでとは異なる側面を見せている。ここに参るつもりなどなかったと、〈いきずたま〉は言う。来ているのは御息所の魂でありながら、魂の制御不能を述べる。述べているのは、「うつし心」の「我」と見なされよう。歌を詠むのも魂であるはずが、「我がたまを結びとどめよ」と切望するからには、これも「我」の思いであろう。ここに見られるのは、「我」と魂あるいは心と魂とが対立しつつも入り組み、重なり合い同調する複雑な関係である。それは、〈いきずたま〉としての御息所が、「うつし心」と「ひたふる心」、我ともう一人の我に引き裂かれながら、それらをつなぎとめ、統合を図らずにはいられない、その心根を光源氏に隠すところなく見せようとしているからである。それがこの場面の枢要な意味である。

では、光源氏は〈いきずたま〉の訴えにどう応えるか、これからの重い課題となるであろう。今は光源氏の驚愕と困惑のなかで、葵上の声が少し静まり、ほどなく出産を迎える。妨げをなしていた〈いきずたま〉が一時沈静化したのは、法力による弱りと、今まさに歌によって深い嘆きを表白し光源氏に伝えることがかなったからであろう。しかし、〈もののけ〉が調伏されたとは言えない。験者たちは「したり顔」に退出するが、当座〈もののけ〉が鎮まったにすぎない。

〈注〉

(1)森正人『源氏物語と〈もののけ〉』（熊本日日新聞社　二〇〇九年）参照。

(2)本文の引用は新日本古典文学大系『源氏物語』により、読みやすく表記を整える。

(3)〈もののけ〉の原義、本義、派生義については森正人『古代心性表現の研究』（岩波書店　二〇一九年）第一部「〈もののけ〉――霊魂と憑依」の各章を参照されたい。

(4)〈もののけ〉に「御」を加える場合と加えない場合とについては、阿部俊子「源氏物語の「もののけ」その二」（『国語国文論集』第七号　一九七八年三月）に説かれている。

(5)酒向伸行『憑霊信仰の歴史と民俗』（岩田書院　二〇一三年）。

(6)上野勝之『夢とモノノケの精神史　平安貴族の信仰世界』（京都大学学術出版会　二〇一三年）。

(7)「阿尾奢」とは梵語で神霊を身体に入れる意。この修法と日本における受容については、小田悦代『呪縛・護法・阿尾奢法――説話にみる僧の験力――』（岩田書院　二〇一六年）参照。

(8)森正人「紫式部日記の「をき人」は「つき人」か」（『むらさき』第三七輯　二〇〇〇年一二月）。

(9)小山聡子『もののけの日本史　死霊、幽霊、妖怪の1000年』（中公新書　二〇二〇年）。

(10)この詞書および和歌の解釈については、森正人『古代心性表現の研究』第一部第五章「紫式部集の〈もののけ〉表現」参照。

(11)これらの問題については、森正人「読む　枕草子一本第二十三段「松の木立高き」における〈もののけ〉調伏」（『日本文学』第六五巻第一号　二〇一六年一月）を参照されたい。

(12)ただし過去の政治的対立の如何にかかわりなく、故大臣の霊が、自分の娘を圧倒する葵上に妨げをなすのは異例ではない。

(13)藤本勝義『源氏物語の〈物の怪〉　文学と記録の狭間』（笠間書院　一九九四年）第一章「源氏物語の物の怪――生霊をめぐって――」。

(14)今井上『源氏物語　表現の理路』（笠間書院　二〇〇八年）Ⅲ二「平安朝の遊離魂現象と『源氏物語』――葵巻の虚と実――」。

(15)新日本古典文学大系『今昔物語集五』脚注参照。

(16)魂合いの結果として恋の夢を見るということについては、多田一臣『古代文学の世界像』（岩波書店　二〇一三年）Ⅰ第三章「古代の夢」に説かれている。

(17)『源氏物語の研究　多屋頼俊著作集第5巻』（法蔵館　一九九二年）「源氏物語を構成する基礎的思想」。

(18)増田繁夫「葵巻の六条御息所」（『国文学解釈と鑑賞別冊　人物造型からみた『源氏物語』』一九九八年五月）。

(19)前掲『源氏物語　表現の理路』Ⅰ二「六条御息所　生霊化の理路――「うき」をめぐって――」。

(20)張龍妹『源氏物語の救済』（風間書房　二〇〇〇年）第三編第六章「六条御息所の物の怪の生成」。

(21)同様の捉え方は、犬飼公之『影の古代』（桜楓社　一九九一年）三章「影と私」、同「こころの遠景」（『国文学　解釈と教材の研究』第四五巻第一〇号　二〇〇〇年八月）にも説かれている。

(22)藤井由紀子『異貌の『源氏物語』』（武蔵野書院　二〇二一年）第Ⅲ部第一章「『源氏物語』の霊魂観」。

(23)今昔物語集と源氏物語に語られている「生霊」〈いきずたま〉観が相通うことについては、『古代心性表現の研究』第一部第四章「〈もののけ〉の憑依をめぐる心象と表現」に、主に今昔物語集の側から検討した。

（24）山折哲雄『日本人の霊魂観　鎮魂と禁欲の精神史』（河出書房新社　一九七六年）第一章「遊離魂と殯――『日本霊異記』にあらわれた霊肉の課題」。
（25）説話番号は『冥報記の研究』（勉誠出版　一九九九年）所収の尊経閣文庫本による。なお、日本霊異記には、上巻序文に冥報記の書名が見え、冥報記説話と類似する説話もある。
（26）前掲『影の古代』三章「影と私」。
（27）長瀬由美「六条御息所の「心」――漢籍を通して――」（『人物で読む『源氏物語』六条御息所』（勉誠出版　二〇〇五年）。
（28）今井久代「自らを刻む言葉としての身と心と魂」（『文学』隔月刊第七巻第五号　二〇〇六年九、一〇月）。

（もりまさと・熊本大学名誉教授）

『国語国文』第九十巻第十二号（令和三年十二月刊）

藤壺の出家と中宮位

吉田幹生

一

研究の進展に伴って、長らく忘れられていた平安時代の社会慣行に光が当てられ、従来の解釈に修正が求められることがある。それは喜ばしいことには違いないが、しかし、従来説における問題点の指摘が、新解釈の提示に直結するわけでは必ずしもない。新たにもたらされた知見によってこれまでの疑問が氷解することもあれば、別の新たな疑問が浮上してくることもあるからである。

本論では、後者に属する事柄として、藤壺の出家に関する『源氏物語』賢木巻および澪標巻の以下の本文を取り上げたい。

A宮（＝藤壺）も、春宮の御ためを思すには、（源氏ガ）御心おきたまはむこといとほしく、世をあぢきなきものに思ひなりたまはば、ひたみちに思し立つこともや、とさすがに苦しう思さるべし。かかること（＝源氏ノ無茶ナ振舞）絶えずは、いとどしき世にうき名さへ漏り出でなむ、大后のあるまじきことにのたまふなる位をも去りなん、とやうやう思しなる。院の思しのたまはせしさまのなのめならざりしを思し出づるにも、よろづのこと、ありしにもあらず変りゆく世にこそあめれ、戚夫人の見けむ目のやうにはあらずとも、かならず人笑へなることはありぬべき身にこそあめれ、など世の疎ましく過ぐしがたう思さるれば、背きなむことを思しとるに、春宮見たてまつらで面変りせむことあはれに思さるれば、忍びやかに参りたまへり。（賢木②一一三～四）

B入道后の宮、御位をまた改めたまふべきならねば、太上天皇になずらへて御封賜らせたまふ。院司どもなりて、さまことにいつくし。御行ひ功徳のことを、常の御営みにておはします。年ごろ世に憚りて出で入りも難く、見たてまつりたまはぬ嘆きをいぶせく思しけるに、思すさまにて参りまかでたまふもいとめでたければ、大后は、うきものは世なりけりと思

し嘆く。　（澪標②三〇〇～一）

Bの—部については、「尼に成給しかは皇太后なとに成給へきならねは也」（弄花抄）のように、藤壺の出家と中宮位とを結び付ける形での解釈が施されてきた。ところが、一九八〇年代に入り中宮位と出家とが連動しないことが相次いで指摘されるようになると、[1]この見方には再考の余地が出てくることになった。出家によって中宮位が停められるわけではないので、両者は原理上別々の事柄と見なされるからである。また、このことは、出家を決意するAの解釈にも及ぶことになる。出家が中宮位と連動しないのであれば、どうして出家の決意直前に「中宮を辞退申さんと思給也」（孟津抄）と解し得る—部が差し挟まれるのであろうか。

現代では、右の新知見を受け入れて、出家と中宮位の問題を短絡的に結び付けることこそないものの、ではそれぞれの—部をどのように読み解くのかということになると、未だ通説が形成されるには至っていない、というのが現状ではあるまいか。そこで本論では、近年の説を再検討しつつ、当該箇所の解釈について改めて考えてみることにしたい。

二

まず賢木巻の方から考えたいのだが、「大后のあるまじきことにのたまふなる位」が中宮を指すことは動かない。それゆえ、—部を藤壺が中宮退位を決意したものと解すると、無関係なはずの中宮退位と、＝部に述べられている出家の決意とをどう整合させるのかということが、新たに解かれるべき問題として浮上することになる。方向としては、Ⅰ—部そのものの解釈を見直すか、Ⅱ—部の解釈は変更せずに＝部との新たな整合性を模索するか、の二つが考えられる。まず、Ⅰの場合から検討しよう。

諸注の中には

・中宮の位を返上することは普通ありえないので、出家を意味しよう。　［新旧全集］

・「位をも去りなん」の「去り」は、「去る（四段）」で他動詞。去らせる、除くの意。大后が中宮の位もきっと去らせてしまうであろうと藤壺が予想している意。藤壺は自分から進んで位を去ろうとしているのではない。「いっそ退いてしまおう」（『新大系』は誤り）。「中宮の位を返上することは普通ありえないので、出家を意味しよう」（『全集』『新全集』）も、「去り」の解釈が正確ではない。中宮が位を返上しようというならば、（中略）「位をも返さひ申さむ」または「位をも返さむ」とあるべき。　［源氏物語注釈］

とするものがあるが、「位を去る」の用例に照らして、—部を出家や廃后の意に解することはできまい。[2] たしかに、「去る」には「なほしばし身を去りなむと思ひ立ちて、西山に、例のものする寺あり、そちものしなむ、かの物忌果てぬさきにとて、四日、出で立つ」（蜻蛉日記・天禄二年六月・二二六）のように「去らせる」の意で用いられた例があるにはある。しかし、それは我が身を対象として用いるからであって、「位を去る」と続いた場合、それを「位を去らせる」「位から除く」の意で解したとは思われない。「今しばしあらば、ひたぶるに心やすくて三の宮に世を譲りて、位を去りなむとすれば、何ごとも苦しかるべきやうなし」（浜松中納言物語・巻一・七六）という用例が示すように、自分自身が位を去る意に解するのが当時の言語感覚であったと推察される。

　天皇位ではなく中宮位に対して「位を去る」が用いられている点が異例といえば異例だが、『栄花物語』でも藤原道長について「かぎりなき位を去り、めでたき御家を捨てて、出家入道せさせたまふを」（うたがひ②一七八）とこの語が用いられている。これは、道長出家の際に戒師を務めた院源の発言だが、文脈からして、道長が自ら位を去るという意にしか解せまい。臣下だからといって、誰かが位を去らせるの意になるわけではないことを示すものであり、それゆえ、当該箇所についても、藤壺が中宮位を自ら退くことを考えたとするのが穏当だと考える。

　しかし、これで一部の解釈が決まるわけではない。「去り」ではなく「去りなん」を解釈し直すことで、「大后が中宮の位もきっと去らせてしまうであろう」のような意を導く説が提出されているからである。八幡真帆氏は、この「ん」を意志ではなく推量の意として、

　このようなことが絶えないならば、気苦労の多いこの世に、浮名までも、もれ伝わってしまうだろう（そうなれば）大后がけしからぬことに仰せになっているときく中宮の位をも去ることになってしまうだろう。

とする解釈を提示した。[3]「「かかること絶えずは」は「漏り出でなむ」と「去りなん」との両方にかかる。そうしてこそ「位をもさりなん」の助詞「も」が生きてくる」と考え、

かかること絶えずは
　｛いとどしき世にうき名さへ漏り出でなむ
　｛大后のあるまじきことにのたまふなる位をも去りなん

という並列構造として当該箇所を読み解いたのである。

　検討に値する卓見だと考えるが、右のように文の構造を把握することには疑問も残る。八幡氏も「そうなれば」という句を挟ん

で解しているように、藤壺が「位を去りなん」と考える前提には「いとどしき世にうき名さへ漏り出でなむ」という事態の実現が不可欠であろう。源氏の懸想が続いただけで（密通が露見しないのに）中宮位を去ることになるだろうと、この場面での藤壺が考えたとは想定しにくい。そしてそうである以上、「うき名さへ漏り出でなむ」と「位をも去りなん」とが並列となって「かかること絶えずは」が直接「位をも去りなん」に係る構造とも見なしがたいということになる。言い換えれば、当該箇所を「命長くて、思ふ人々におくれなば、尼にもなりなむ、海の底にも入りなむとぞ思ひける」（須磨②二一二）のような構造と同一視することはできず、「かかること絶えずは→うき名さへ漏り出でなむ→位をも去りなん」という思考の展開として文脈を理解するほかないということになる。

　また、藤壺が廃后の可能性を考えていたという点はよいとして、それがこの時点のことなのかも検討してみる必要があろう。―部に至る藤壺の思考過程の発端にあるのは、前年冬の桐壺院崩御である。崩御直後から「祖父大臣（＝右大臣）、いと急にさがなくおはして、その御ままになりなん世を、いかならむと、上達部、殿上人みな思ひ嘆く」（賢木②九八）という状態であり、「中宮、大将殿などは、ましてすぐれてものも思しわかれず」（賢木②九八）と続くように、その危機感は藤壺にも共有されていた。そして、四十九日の際に

　C十二月の二十日なれば、おほかたの世の中とぢむる空のけしきにつけても、まして晴るる世なき中宮の御心の中なり。大后の御心も知りたまへれば、心にまかせたまへらむ世のはしたなく住みうからむを思すよりも、馴れきこえたまへる年ごろの御ありさまを思ひ出できこえたまはぬ時の間なきに、かくてもおはすまじう、みな外々へと出でたまふほどに、悲しきこと限りなし。　（賢木②九八〜九九）

と記されるように、弘徽殿大后の「心にまかせたまへらむ世」が近いことを藤壺もはっきりと予感していたのである。この時はその予感よりも桐壺院との別れの悲しさが心を占めていくようだが、弘徽殿大后の動向に関心を向けている点をまずは押さえておきたい。

　そのうえで、年も改まりいよいよその予感が現実のものになってくると、

　D内裏に参りたまはんことはうひうひしくところせく思しなりて、春宮を見たてまつりたまはぬをおぼつかなく思ほえたまふ。また頼もしき人ものしたまはねば、ただこの大将の君をぞよろづに頼みきこえたまへるに、なほこのにくき御心の

やまぬに、ともすれば御胸をつぶしたまひつつ、いささかも気色を御覧じしらずなりにしを思ふだにいと恐ろしきに、今さらにまたさることの聞こえありて、わが身はさるものにて、春宮の御ためにかならずよからぬこと出で来なんと思すに、いと恐ろしければ、御祈禱をさへせさせて、このこと思ひやませたてまつらむと、思しいたらぬことなくのがれたまふを、いかなるをりにかありけん、あさましうて近づき参りたまへり。　（賢木②一〇七）

源氏との関係露見から「春宮の御ためにかならずよからぬこと出で来なん」と考えるようになるのである。ここで藤壺が危惧する「よからぬこと」とは、諸注指摘するように廃太子のことであろう。つまり、藤壺は源氏の懸想がこのまま続けば廃太子という結果を招くと考えており、それを回避するために根本原因である源氏の懸想そのものを断念させようとするのである。とすれば、この時点で藤壺は既に廃后の可能性に思い至っていたと読み解くべきではないか。廃太子は廃后と一連のものとして行なわれようが、＝部「わが身はさるものにて」というのは、自身の廃后よりも息子冷泉の廃太子の方を重視する藤壺の意識を表わすものであろう。そしてそれは、とりもなおさず、この時点で藤壺が自身の廃后の可能性に思い至っていたことを示すものだと考える。それゆえ、Aに至って藤壺が廃后の可能性を「やうやう思しなる」ようになったと読み解くことには無理があろう。

　以上、文構造の点からも、文脈理解という点からも、「去りなん」を推量と解することは難しいと判断される。そして、「去る」にも「ん」にも別解が提示できない以上、―部そのものの解釈を見直すⅠの方向は断念せざるを得ず、―部は藤壺が中宮退位を決意したものとする従来説を穏当な解釈として認めるほかないということになる。

　では、何故この時点で藤壺は中宮退位を決意したのであろうか。「去らせてしまうであろう」（源氏物語注釈）にせよ「去ることになってしまうだろう」（八幡氏）にせよ、当該箇所を意志ではなく推量で解そうとする点で共通しているが、これらの説が提出されるに至った背景には、単に出家と中宮位とが連動しないからという消極的理由のみならず、両者が連動しないのであれば、ここで藤壺が中宮位を退く決意をしたと読み解くことは不自然だというより積極的な判断が働いていよう。これらの推量説に従い難いことは述べた通りだが、Ⅱの方向を検討する前に、意志で解した場合にどのような問題があるのかをここで確認しておこう。[4]

　前述した通り、桐壺院崩御直後から右大臣専制の世が到来することを危惧していた藤壺は、そのような状況下にあっても変わることのない源氏の懸想心を不安視していた。源氏との関係露顕が冷泉即位を阻むという理解のもと、藤壺がなんとか源氏の暴走を食い止めようと、Dでは「御祈禱をさへせさせて」、つまり神仏に祈願までしたというのである。しかしそれでも源氏の思いは止むことなく、この後も源氏の侵入を許してしまう。ここに続くのが前掲Aの場面である。それゆえ、Ⅰ部の中宮退位には、源氏の懸想を止める効果が期待されるのだが、藤原実頼と醍醐女御能子、あるいは藤原実資と花山女御婉子女王の関係などに鑑みるに、藤壺が中宮位を退くことは、源氏との関係促進に寄与することはあったとしても、抑止効果を持ったとは考えにくい。「かかること絶えずは→うき名さへ漏り出でなむ→位をも去りなん」という思考の展開として、つまり「かかること絶えずは」という前提を回避するために中宮退位を決意することは、効力を持った現実的な策とは言い難いのである。

　また、「大后のあるまじきことにのたまふなる位」である中宮位を退くことは、一時的に弘徽殿大后の溜飲を下げる効果はあるにせよ、長期的な視野に立った時、そのことが冷泉即位を後押しする選択であったとも考えにくい。後述するように、藤壺立后は冷泉即位に向けた桐壺帝の布石だったのであるから、藤壺が自らその地位を去ってしまうことは、かえって冷泉即位の道を閉ざすことになってしまうのではないか。実際、藤壺がこの後中宮位を辞退したと明言されることはなく、むしろ、中宮位のままでも可能な出家という道を選択していくのである。

　これらのことを勘案すれば、なるほど、従来説も問題なしとは言いにくい。中宮退位が出家と関わらないのであれば、現実的な抑止効果があるとは思えない退位の決意が何故この時点で表明されたのか。また、この決意がどのようにⅡ部の出家へと引き継がれていくのか。これらの点に留意しながら、次節ではⅡの方向を検討してみることにしたい。

三

　その際、注目すべきは、やはり八幡氏が注目した「位をも去りなん」という「も」の働きであろう。御物本など「も」のない本文も存在するが、青表紙本・河内本ともこの形で伝わっており、これが本来の形であったかと推定される。しかし、退位の意志を示すだけなら、前掲した『浜松中納言物語』のように、「位を去りなむ」で十分であった。とすれば、この「も」はいったい何を表しているのか。

　これが「うき名さへ漏り出でなむ」との並列構造を示すものでないことは前述した通りだが、「も」に「甲も乙も」という並列の機能があることは言うまでもない。この種の並列用法は「甲も乙も」と要素が列挙されるものだが、「も」には「乙も」とのみ表現することで「甲も」に相当する内容を感知させる用法もある。たとえば、薄雲巻で明石の君が「乳母をもひき別れなんこと」（薄雲②四三二）と発言しているのは、姫君との別れを前提としたうえでものであろう。「甲も」という要素がどの程度意識されるかは文脈や状況によるが、このような用法の一つとして、特異な要素を「乙も」と提示することでその他の事例については当然成り立つことを暗示させる用法が想定できるのではないか。

・（近江の君）「何か、そは。ことごとしく思ひたまひてまじらひはべらばこそ、ところせからめ。大御《おほみ》大壺《おほつぼ》取りにも仕うまつりなむ」など聞こえたまへば…　（常夏③二四四）

・（明石入道）「この月の十四日になむ、草の庵まかり離れて深き山に入りはべりぬる。かひなき身をば、熊、狼にも施しはべりなむ。そこにはなほ思ひしやうなる御世を待ち出でたまへ。明らかなる所にて、また対面はありなむ」とのみあり。（若菜上④一一六）

近江の君や明石入道は、「甲も乙も」と並列される類似の要素の一つとして「大御大壺取り」や「かひなき身をば、熊、狼に」施すことを挙げているのではなく、特異な要素を提示し、そのようなことも辞さないと表明することで自らの覚悟のほどを表現しているのであろう。

これらを参考にすると、―部は、現実的な打開策の一つとして中宮退位を思い立ったということではなく、むしろ源氏の懸想に困り果てた藤壺が、密通露顕を不可避と予想するところから、こうなったら中宮位だって退いてしまおうとの決意を固めたものとして読み解くべきではないか。決意というより開き直りと言った方が正確かもしれない。前述のように、藤壺が立后したのは、冷泉即位を実現しようと桐壺帝が考えた結果であった（紅葉賀巻）。それゆえ、桐壺院の遺志を思う藤壺は、中宮位に留まったままでの打開策をこれまで模索していたのであろう。しかし、止むことのない源氏の懸想心に、藤壺は次第に追い込まれていくことになる。それがAの段階だと考えるが、廃后を危惧していた藤壺は、事ここに至ってとうとう冷泉即位実現の要である中宮位の放棄を覚悟したのである。追い詰められた結果、すべてを投げ出そうとするような心情かと推測されるが、中宮退位をも視野に入れて退路を断ったことがここでは重要なのだと思われる。

それゆえ、―部を退位の決断と読んではなるまい。中宮退位を考えたことは間違いないが、右に見た近江の君や明石入道のように、これは覚悟の表明と受け取るべきなのであろう。前節末に述べたように、藤壺が中宮位を退くことは長期的には冷泉即位にとって不利に働くと予想される。それゆえ、中宮退位じたいは大后の怒りをかわすための一時的な思いつきにすぎまいが、その可能性に思い至ったことで、潜在的に様々な解決策を検討する素地が藤壺内部に生じた瞬間だったのであろう。具体的には、この瞬間を契機として、源氏に期待するのではなく、自らの手で現状を打開する方向へと意識が向かう道が拓かれてくるのだと考える。「位をも去りなん」と並列機能を持つ「も」が添えられることで、そのような選択肢の可能性が示唆されているのではないか。確かに、「うき名さへ漏り出でなむ」という予測から「位をも去りなん」という決意に至る過程には飛躍が含まれており、この結論は思考の前提である「かかること絶えずは」という条件を解消するとは言い難い。しかし、この飛躍＝覚悟によってこそ、その前提から離れて、それまで考えもしなかった出家という選択肢が藤壺の意識に上ってくることが可能となるのであろう。言わば、藤壺の思考過程における転換点の存在を、この「も」は暗示してもいるということである。

次に、こうして動き出した一部の決意から、実際に＝部の出家の思いが出てくるまでの流れを確認しよう。「院の思しのたまはせしさま」云々は、前述の紅葉賀巻での桐壺帝の叡慮を踏まえたもの。藤壺立后が桐壺帝の意図に発するものであるだけに、中宮退位を考えた藤壺が桐壺院に思いを馳せるのは自然な思考の流れと認められる。しかしそれは、自身の拠って立つべき思考の原点として亡き桐壺院の遺志を確認するということではなく、自身が守り通すことのできなかったものとして反省的に顧みられてくるということである。そしてそこから、桐壺院の思いに背かざるを得ない理由として、桐壺院の予想を超えて変化していく世の中の情勢を思い、たとえこのまま中宮位に留まっていたとしても、弘徽殿大后が力を持つ「いとどしき世」においては身の危険を避けることができない、と考えていくのであろう。

ある条件のもとである事態が必ず起こると考えた場合、たとえば「なほこの源氏の君、まことに犯しなきにてかく沈むならば、かならずこの報いありなん」（明石②二五二）と考えた朱雀院が源氏召還を決意したように、人はその事態を引き起こす条件そのものの成立を解消する方向に動くものである。とするならば、前掲Dでは「春宮の御ためにかならずよからぬこと出で来なん」という事態を回避しようと、「御祈禱をさへせさせて、このこと思ひやませたてまつらむ」という解決策を模索した藤壺が、ここでは「かならず人笑へなることはありぬべき身にこそあめれ」と予想し、それを回避するために世を背く、すなわち出家を決意しているのは、事態を招来する条件の捉え方が異なっているためだということになる。つまり、Dでは「なほこのにくき御心のやまぬに」と源氏の懸想心を問題にしていたのに対して、ここでは「よろづのこと、ありしにもあらず変りゆく世にこそあめれ」と弘徽殿大后の力が強大化していく世の中を問題視しているということである。そのような変化を生じさせる原因になったのが、前述した思考の飛躍だったのではないか。

　こうして選びとられた出家という選択肢は、結果として源氏の懸想心を抑制することに働くが、この段階での藤壺がそこまで考慮していたとは考えにくい。少なくとも、—部から＝部へと至る藤壺の思考過程を右のように辿る時、そこに冷静な情勢分析があったとは読み解けまい。この状況下で藤壺が出家することは、たとえ出家と中宮位とが連動しないとしても、自身の立場を危うくすることになると予測できたはずである。にもかかわらず出家という選択肢がここに浮上してきたのは、中宮位を放棄してもよいという覚悟が定まっていたためだと考える。見方を変えて言えば、出家といういささか突飛な決定を読者に納得させるために、問題の所在を源氏の懸想心から自身の身の振り方へと転換させる「位をも去りなん」という意志表明が、それに先だって必要だったということになる。

四

　続いて澪標巻に移ろう。前掲Bの—部については、この時点で既に藤壺は太皇太后になっていたためとする説、[5] 藤壺の転上に伴って弘徽殿大后を太皇太后に転上させることを渋ったためとする説、[6] 明示的に示されてはいないが太皇太后が既に存在しており飽和状態にあったためとする説、[7] あるいは改めて藤壺が出家していることに原因を求めようとする説[8]などが提示されてきた。大きくは、転上できない理由を藤壺の外部に求める方向と、藤壺自身すなわち彼女が出家していることに求める方向とに考察が深められてきたと言えようが、外部に理由を求める説は、いずれも本文中にその理由が明示的に述べられていないという点に難がある。

　我が子が即位した場合にその生母が皇太后となることはこの時代の慣例であった。たとえば、平安初期から物語執筆時頃までに即位した平城天皇から三条天皇までの十七人の天皇の生母十四人のうち、死後の追贈も含めて皇太后とならなかった女性は一人もいない。物語内においても、藤壺立后を納得させるために桐壺帝が弘徽殿女御に「春宮の御世、いと近うなりぬれば、疑ひなき御位なり」（紅葉賀①三四七）と発言したり、また息子の即位を待たずに亡くなった承香殿女御に皇太后位が追贈されているように

（若菜下巻）、それは変わらない。それゆえ、冷泉即位に際して藤壺が皇太后になれないのだとすると、その理由については、たとえ簡潔であるにせよ、何らかの説明がある方が自然である。逆に言えば、阿部秋生氏が「今日のわれわれには不審に思われるのだが、物語の書かれた時代の人々には、御位をあらたむべからざる理由は明白なことだったのだろう」と述べているように(9)、現行の本文を読むだけで、明白な理由が当時の読者には想定できたはずなのである。

その点、出家に理由を求める説は、一部程度の簡潔な説明でも、読者の理解を得やすいという利点はある。しかし、出家と中宮位とが連動しない以上、やはりこのままでは説明不足という感は否めまい。長徳三年（九九七）に出家していた皇后遵子が、その後も皇太后（長保二年〈一〇〇〇〉二月二十五日）太皇太后（長和元年〈一〇一二〉二月十四日）と転上しているように、出家しているというだけでは、「改めたまふべきならねば」とする理由としては弱いように思う(10)。

むしろ、「位を改む」を転上と解してきた点をこそ問い直してみるべきではないか。中宮から皇太后になることは、はたして「位」の変更なのであろうか。

たとえば、冷泉天皇の皇后で皇太后・太皇太后と転上して長保元年（九九九）に亡くなった昌子内親王の薨去を記す『権記』同年十二月五日条には「在位卅三年」とあり（小右記も同様）、皇后・皇太后・太皇太后をまとめて一つの位として捉えていたことがうかがえる。また、詳細は未詳ながら、一家三后を実現した道長の栄華について触れる「唐土にも三千人の后などはおはするやうありけり。この朝廷には七人までおはするやうあなれど、いまだあらじ、同じ大臣の御女の三人とだに后にて並ばせたまふは、おはしまさざりけり。いとどまいて三所おはしますに、今一所は東宮の女御にて、今日明日と聞こえさするばかりにて、后がねにておはします」（栄花物語・おむがく②二九一）という言い回しも、太皇太后や皇太后・皇后などが日本では七つまで存在するが、それらはいずれも「后」と見なし得るという認識を反映したものなのだと思われる。このような捉え方は、散文作品にもしばしば見られる「后の位」という言葉とも通じるものであろう。

このような点から注目されるのが、『うつほ物語』国譲下巻での嵯峨院大后と新帝との次の対話である。

宮（＝嵯峨院大后）、「今は、かく今日明日になりにて侍れば、『聞こえさせ置くべきことも聞こえさせ置きて、冥途《よみぢ》も安く』と思ひ給へつるを、いといとうれしく渡りおはしましたることをなむ。この、暑げなる夏にて侍りつる人（＝小宮）は、思ほえず、老いの後に出で来て侍りしかば、中に愛《かな》しく思ひ給へて、『顧みせさせ給へ』とて参らせし効なく、人数にも思ほされざなれば、恥づかしう思ひ給へつるを、『この位譲り侍りなむ』となむ思ひ給ふる。『便なきこと』と、これかれ聞こゆとも、『昔思う給へし心ざし叶ふる』と思して、必ずをせさせ給へ」。帝、久しく思ほしわづらひて、「まだ物の心も知らず侍りし時、見馴れ奉りにしかば、むつましく頼もしき者には、かしこをなむ。あやしく、人にもし給はず、疎々しくものし給ひしかば、『思ほし直すまで』となむ、しばし物聞こえざりし。のたまはすることは、かやうのことは、例問はせてなむものすなるを、勘《かうが》へさせ給ふらむに、さる例あらば、何かは。さらずは、封賜はりなどをこそは、御位久しくものすべく侍るなれ」。宮、「封賜はりなどせずとも、『この位』とこそ言はせまほしく侍れ。あが君は、『坊の母（＝藤壺）を』とこそは思ほすらめ。この人をば、『あはれ』と思さましかば、かかることも侍りけるを、しばし待たせもこそはし給はましか。『さもや聞こゆる』とて、急ぎし給へるこそは」。（うつほ物語・国譲下・八一三）

梨壺腹皇子と藤壺腹皇子との東宮位争いは後者の勝利で決着がついたが、実子である小宮腹の五宮を推していた大后は新帝に不満をぶつけ、自身の位を小宮に譲り出たいと申し出る。この時点での大后は皇太后と考えられるが、「この位譲り侍りなむ」は小宮を皇太后にということではなく、右に見た広義の「后の位」を譲ることで、せめて小宮を中宮にと訴えるのであろう。

また、『夜の寝覚』巻三では、寝覚の上に執着する帝が、彼女を「上なき位」にしたものをと発言している。

（帝）「…。源氏の大臣ぞ、いと口惜しき心ありける人かな。かかりける女（＝寝覚の上）を、はかばかしき後見なしとて、我には得させで、故大臣にとらせし心ばへよ。いみじき一の人の女、春宮の母といふとも、この人を、我、なのめに思はましやは。世の誹り、人の恨みも知らず、上なき位にはなしあげてまし。…」

（夜の寝覚・巻三・二五九）

これは、「すでに中宮がおられる以上、皇后、中宮の並び立つことさえも考えるというのであろう」（新全集）ということで、「上なき位」だからといって太皇太后にするということではない。逆に言えば、ここでは現中宮と並び立つ后の位（中宮の位）が「上なき位」とされているのであり、そのことは、内部で太皇太后・皇太后等に細分化されるにせよ、広義の「后の位」を最高位と捉えていたということにほかなるまい。

つまり、これらの例からは、太皇太后や皇太后を含む広義の中宮位（三宮）を一つの位と見なす観念が当時存在していたことが推定される。とするならば、「御位をまた改めたまふべきならねば」から当時の読者が読み取った明白な理由とは、中宮から皇太后に転上できないことのそれではなく、藤壺が既に広義の中宮位にいるのでもうこれ以上の地位を与えることができない、というようなものであったと考える可能性が出てくるのではないか。もちろん、転上説が否定されるわけではないが、それで明解が得られない現状では、別解を検討することも大切であろう。

　前述の通り、天皇が即位すると、その生母は皇太后になることがこの時代の通例であった。この点で、転上説は「御位をまた改めたまふべきならねば」という叙述が出てくる必然性をうまく説明するように思われる。しかし、前掲Bの叙述は、前後の内容からすれば五月から八月の間のことと考えられるが、皇太后への転上は天皇即位とほぼ同時期に行なわれており（九世紀の場合は「皇太夫人」となった時期で判断した）、二月下旬に冷泉が即位したにもかかわらず、その生母である藤壺の地位が五月を過ぎてから話題にされるのは遅すぎる。(11) 藤壺を皇太后にすべきかどうかの議論が数ヶ月続いたと考えれば辻褄は合うが、源氏や太政大臣が政治の実権を握っている冷泉朝において、この案件が否決されたとは考えにくい。それゆえ本論では、冷泉即位に伴う一連の人事が一段落した後で、皇太后の問題とは別に前掲Bの叙述が記されていると考えた場合に、どのようなことが言えるのか、もう少しこだわってみることにしたい。

五

―部を含む「入道后の宮、御位をまた改めたまふべきならねば、太上天皇になずらへて御封賜らせたまふ」という一文は、藤壺の位が改められないから太上天皇に准じて封戸を与えることを述べたものだが、叙述の力点は、藤壺の位が改められないことではなく、それを理由として藤壺に太上天皇に准じた封戸を与えることを述べる点にあろう。このような言い回しの例としては、

・十四日に、斎宮（＝良子内親王）准三宮の宣旨下り、年官年爵賜はらせたまふ。（栄花物語・根あはせ③三三二）

・十六日に、太皇太后宮（＝章子内親王）、女院にならせたまひぬ。（中略）帝の御親ならでは受領などはえさせたまはじとて、（年官などヲ）賜はらせたまはず。（栄花物語・布引の滝③四六八～九）

・（倫子ハ）ただ人と申せど、帝・春宮の御祖母にて、准三宮の御位にて、年官・年爵たまはらせたまふ。（大鏡・道長伝三〇〇）

を拾うことが出来る。一例目や三例目は年官年爵にのみ言及されているが、良子内親王は本封の他に千戸（十三代要略）、倫子にも三百戸が与えられている（小右記）。これらは三宮に准じて経済的な援助がなされたものだが、知られるように、三宮に准らえて経済的に優遇することは、貞観十三年（八七一）の藤原良房を初例としてしばしば行なわれてきた。このような事例が、Bの記述の背後には存在しているのではないか。

なお、今日残る史料としては漢文体のものが多く、それを和文体で記すものは右に引いたように『源氏物語』より後のものとなってしまう。しかし、そこに見られる「賜はらせたまふ」は「賜はら＋せたまふ」で謙譲と尊敬の組み合わされた表現と考えるが、澪標巻でも藤壺は「せたまふ」（二重敬語）で遇されることが常態化しているわけではないので、『源氏物語』以前にもこの種の経済的援助を表す和文表現が存在し、それに倣って—部を含む一文が書かれた可能性も考えられてよいように思う。

ともあれ、前掲Bはこれらと同じく、何かに准えて経済的援助をする表現かと推察されるが、この種の措置は、たとえば大宰権帥から都に復帰した藤原伊周に「准大臣」として封戸が与えられているように（寛弘五年〈一〇〇八〉正月十六日）、生活していくための文字通りの援助としてなされる場合もあるが、藤壺の場合はこれには当たるまい。むしろ、道長や倫子が

依㆑仰㆓皇太后（＝彰子）㆒、余准㆓三宮㆒、賜㆓年爵并内外三分㆒、又賜㆓封三千戸㆒、勅書下㆓給中務㆒、又以㆓倫子㆒同賜㆓年爵年官㆒、勅書又下。（御堂関白記・長和五年〈一〇一六〉六月十日）

と准三宮扱いを受けているのが近い。これは同年二月に即位した後一条天皇の外祖父母であることを根拠とするものだが（右の『大鏡』でも「帝・春宮の御祖母にて」とされている）、道長は清和天皇の外祖父である良房に、倫子は花山天皇の外祖母である恵子女王の例に倣うものであった（小右記）。良房の場合は准三宮の初例でもあり、清和天皇の即位から数年を経てのものであったが、恵子女王の場合は、永観二年（九八四）十月十日に花山天皇が即位すると、同年十二月一日には三宮に准えて封戸および年官年爵が与えられている（日本紀略）。藤壺は天皇の生母であり、外祖父母の例と同一視することはできないが、天皇が即位した際に、天皇との関わりにおいて経済的な厚遇を得る例として同範疇に捉えることはできまいか[12]。

物語が書かれた頃には三宮に准えて封戸を賜わる例が散見され（寛弘四年の脩子内親王や同八年の敦康親王など）、伊周にも「准大臣」として封戸が与えられていたことからすれば、藤壺の場合も、そのような同時代の諸例を参考にして書かれたと考える余地

はあるように思う。三宮に准えて封戸等を与えるという慣例を前提に、三宮以外に准える伊周の例や、天皇の外祖母であることを根拠にする恵子女王の例を取り込んで、天皇の生母に太上天皇に准じて封戸を与える藤壺の例が案出されたと考えてみたいということである。前節末に指摘したように、前掲Bを藤壺の転上に端を発するものとすると、冷泉即位からの時間経過が問題になった。しかし、恵子女王や道長・倫子の例のように、これを天皇即位に付随する経済的措置と捉えれば、五月から八月頃の出来事としてより自然に定位できるのではないか。

以上、本論では従来の転上説とは異なる説明を―部に対して与える可能性を模索してみた。このように考えてみる時、藤壺の地位についてはどのように説明されるのであろうか。最後にこの点についての私見を述べておくことにしたい。

皇太后への転上を妨げる理由はないと考える本論の立場からすると、藤壺は冷泉即位とともに皇太后になったと考えるのが自然である。しかし、後の絵合巻で「中宮」とされていることからすると、澪標巻でも（狭義の）中宮に留まっていたと考えるほかない。

ここに想起されるのが、天皇の生母以外の中宮の事例である。前節に記したように、天皇が即位するとその生母は皇太后になるのがこの時代の通例であった。しかし、中宮が新天皇の生母でない場合は、冷泉皇后であった昌子内親王、円融中宮（のち皇后）であった藤原遵子、一条中宮であった藤原彰子のように、新天皇即位後もそのまま中宮位に留まり、次の中宮が決定した時点で皇太后に転上するのが一般的であった。それゆえ、もし藤壺が冷泉即位後も中宮であったとするならば、朱雀帝時代にも中宮であり続けたように、何故そうなのかはまったく不明ながら、実子である冷泉帝の時代においても、新中宮が決まるまで藤壺は中宮位に留まるものと考えられていた、ということになりそうである。

また、―部を女院と結びつける見方については、本論は否定的である。この一文はあくまでも経済的な援助を述べるものであり、藤壺の具体的な地位に言及するものとは読み解けまい。それゆえ、本論の立場からは、続けて「院司どもなりて」とされることは、不詳とするほかない。准三宮の場合と同じく、封戸を与える際に准太上天皇の宣下が行なわれたという前提で、それまで置かれていた中宮職の職員（宮司）を形式的に「院司」と称したと考えたいところだが、この表現からは藤壺が女院として遇されたと考える方が自然ではある。しかし、それでは絵合巻で「中宮」と称されていることの説明がつかないため、ここで藤壺に院号が下されたとすることは躊躇される。本論は、太上天皇に准えて封戸を賜った藤壺がその後も中宮位に留まり続けたとするのが本文と最も整合性の高い解釈だと考えるが、そうである以上、この「院司どもなりて」は未詳として後考を俟つほかないところである。

六

以上、出家と中宮位とが連動しないとする指摘を踏まえて、賢木巻および澪標巻の本文について再考してみた。

賢木巻については、藤壺が中宮退位を決意したとする際に生じる違和感から「位をも去りなん」を推量として解する説が出されているが、従来通り中宮退位を決意したものと考える。ただし、現実的な選択肢として藤壺が中宮退位を決断したということではない。出家と中宮位が連動しない以上、ここに退位の意志が述べられるのはやはり異質である。逆に言えば、出家の前段階としての退位というようなことは考えられないということになる。それゆえ、ここを推量で解そうとする説が提出されるのであろうが、むしろ本論は、そこに感じ取られる飛躍にこそ意味があると考えた。止むことのない源氏の懸想心に接して藤壺は密通露見を思い、弘徽殿大后が力を持つ「いとどしき世」に、源氏との密通までが露見しては冷泉廃太子は避けられないとするところから、そうなるくらいなら中宮退位も辞さないと覚悟を決めたのであろう。ある種の開き直りであるが、そうすることで、これまでは考えもしなかった出家という選択肢が手繰り寄せられてくるという文脈が形成されることになる。「位をも去りなん」と「も」が添えられているのは、これが現実的な選択肢ではないことを示すものだと考えるが、同時に、「も」の並列機能によって暗示される潜在的な選択肢の中から出家が浮かび上がってくるということでもある。言わば、源氏の懸想心に問題の原因を見ていた藤壺の思考が、そこから離れていく転換点としてこの決意は働いているということである。

澪標巻については、「御位をあらたむべきならねば」は従来言われていた（皇太后に）転上できないことを表現したものではなく、広義の中宮位からさらに地位を上げることができないという意に解する可能性を提示した。それは、太皇太后や皇太后も含めた広義の中宮位を、当時の人々が「位」として意識していたことを根拠にしている。もっとも、転上が位の変更でないということを示したわけではないので、本論によって転上説が否定されるわけではない。しかし、当該記事が冷泉即位から数ヶ月を経た五月から八月のこととして記されている点を重く見るならば、これを転上と切り離して検討してみることも必要であろう。そこで本論では、天皇即位に際して、天皇との関わりにおいて経済的な厚遇を得る例として捉える可能性を考えてみた。藤壺は既に中宮となっているので、准三宮として扱うわけにはいかず、そこから准太上天皇という発想が出て来たのではないか。史上に先例のないこの厚遇を説明するための理由が、藤壺が「上なき位」である中宮位にいることを確認する「御位をまた改めたまふべきならねば」であったということである。

ただし、本論のように考えたとしても、絵合巻の「中宮」という呼称、および直後の「院司」という表現は問題として残ることになる。前者については一応の説明を試みたが、十分とは言えない。これらについては別途考えてみるほかない。

〈注〉

(1) 後藤祥子「藤壺の出家――「賢木」から「澪標」へ――」(『源氏物語の史的空間』東京大学出版会一九九三年、初出は一九八一年二月)、八幡真帆「源氏物語における藤壺の后位」(『文学・史学』3、一九八一年五月)、島田とよ子「『源氏物語』に於ける「中宮」」(『大谷女子大国文』13、一九八三年二月)など。

(2) 『新旧全集』の説は、賢木巻の本文を整合的に説明するために案出されたものであり、「位を去る」の語義から導かれたものではあるまい。金孝珍「藤壺の地位をめぐって――「賢木」から「澪標」まで――」(『明治大学大学院文学研究論集』17、二〇〇二年九月)が既に指摘しているように、―部をこのように解することはできない。

(3) 注(1)八幡論文。なお阿部秋生「入道后の宮」(『日本文芸論集』15・16、一九八六年十二月)も八幡氏と同様の「「かかること絶えずは」という条件が、並列句の「いとどしき世にうき名さへ漏り出でなむ」と、「おほきさきのあるまじきことにのたまふなる位をもさりなん」との二つにかかり、この二つが共に、「とやうやう思しなる」で終結するという構造の文ではないかと思われる」という構造把握をして、「隙を見つけて源氏が近づいて来ることのある今の暮しを続けていると、遂には世間に浮き名が漏れてしまうだろう、また、大后がかねて以ての外と言っているという中宮の位をさることになってしまうだろうと思うようになったという意味ではあるまいか」とする。

(4) 推量説と意志説との違いは、「うき名が漏り出づ」と「位を去る」との前後関係に端的に表れる。推量説は、「うき名が漏り出づ」の結果「位を去る」という事態が出来すると捉えるのに対して、意志説は「うき名が漏り出づ」のを避けるために「位を去る」という決意をしたと捉える。

(5) 注(1)島田論文

(6) 中嶋朋恵「源氏物語創造――藤壺の宮の身位――」(『日本古典文学の諸相』勉誠社一九九七年)

(7) 注(2)金論文

(8) 高田信敬「母后の地位――澪標箋注――」(『源氏物語考証』武蔵野書院二〇一〇年、初出は一九九六年十二月)、園明美「絵合巻における「中宮」呼称」(『源氏物語の理路』風間書房二〇一二年、初出は二〇〇六年五月)

(9) 注(3)阿部論文

(10) 注(8)園論文は、冷泉即位によって「国母」という条件も加わるため、「国母+出家」という条件が揃った場合は、藤原詮子に倣って、后位が停められ女院になるという認識が存在していたのではないかとする。注目される説だが、「べきならねば」を支える理由になるのかという点で不安も感じる。「べきならず」には様々な含みがあるが、当該例は「さして重き罪に当たるべきならねど、身のいたづらになりぬる心地すれば、（柏木ハ）さればよと、かつはわが心もいとつらくおぼゆ」（若菜下④二五八）と同じような、法律や制度に関わるものを前提にした用例のように感じられる。

（11）この点に注意する注（8）高田論文は、これを「物語中にしばしば見られる時間の遡行」と捉えることで説明しようとする。一つの考え方ではあると思うが、本論ではこの記事が五月から八月のことである場合に、どのような説明が可能となるのかを模索したい。

（12）加藤洋介「源氏物語「准太上天皇」攷」（『愛知県立女子大学説林』42、一九九四年二月）が指摘するように、藤壺の場合は、何らかの地位が与えられたということではなく、経済的な措置に留まるものと読み解くべきであろう。

※本文の引用は、『源氏物語』『蜻蛉日記』『浜松中納言物語』『夜の寝覚』『栄花物語』『大鏡』は新編日本古典文学全集（小学館）に、『うつほ物語』は『うつほ物語　全』（改訂版、おうふう）に、『権記』は史料纂集（続群書類従刊行会）に、『御堂関白記』は大日本古記録（岩波書店）によったが、表記を私に改めたところがある。

（よしだみきお・成蹊大学教授）

『国語国文』第九十巻第十二号（令和三年十二月刊）

弁の君の発話

山口一樹

（一）女房の発話の増加

光源氏亡き後の世界を語る『源氏物語』宇治十帖は、次世代の薫や匂宮と宇治の姫君たちを主人公とする物語であるが、彼らを囲繞する女房たちの行動や発言も、事態の推移に強い影響を及ぼしている。先行研究ではこれら宇治十帖の女房たちについて、正編の女房よりも性格が深みを増し、物語内容上担う役割も重く、多様になっていることが指摘されてきた。秋山虔氏は宇治十帖の女房について「思考や言動が、性格的なものとして意味を持ち、また物語の筋を導いていく要因をなすようになってくる」と造型の深化や物語展開上の重要性を指摘している。[1]秋山氏以前にも篠原昭二氏は女房と主人の対立関係が物語展開の軸になっている点に正編と異なる特徴を認めており、[2]両氏の後も三谷邦明氏は女房たちの言葉を薫の無意識の欲望を暗示するものとし、[3]原岡文子氏は浮舟を女君と女房の境界にある存在として、主人公の造型にも女房の立場が関わっていることを指摘している。[4]光源氏という〝中心〟を失った宇治十帖の世界では、[5]それ以前は〝周縁〟の存在であった女房たちも活躍の幅を広げるに至ったといえようか。

本稿では、正編にも増して意義深い存在となった宇治十帖の女房について、とくに弁の君を考察の対象として取り上げ、その発話の機能を検討する。従来指摘されてこなかったが、正編に登場する女房の発話量と比べると、弁の君の発話量は突出して多いように思われる。次頁の表は、正編の主要な女房と弁の君の発話量を比較したものである。[6]本文のうちどこからどこまでを作中人物の発話と捉えるかは解釈が分かれる場合もあろうが、ここでは『新編日本古典文学全集』（小学館）の校訂本文に拠り、鍵括弧で括られた箇所の文字数によって女房の発話量を計測した。[7]便宜上、漢字はかなと同様に一字として数え、鍵括弧中の句読点や二重鍵括弧も字数に含めている。本文の解釈や校訂の方針によって結果は若干増減するであろうが、女房の発話量の概算を示すこと

表：作中女房の発話量

①女房	②主人	③合計	④最大
靫負命婦	桐壺帝	580（580）	222
右近	夕顔・玉鬘	2878（2878）	532
少納言乳母	紫の上	1113（1227）	267
王命婦	藤壺・冷泉帝	201（279）	60
大輔命婦	桐壺帝・光源氏・末摘花	975（975）	147
侍従	末摘花・斎院・末摘花の叔母	228（228）	78
源典侍	桐壺帝	220（291）	63
宰相の君	夕霧	207（207）	65
宣旨女	明石姫君	275（275）	123
大輔乳母	雲井雁	171（171）	69
女三宮の乳母	女三宮	980（980）	462
小侍従	女三宮・柏木	864（943）	169
小少将の君	落葉の宮	1014（1014）	210
弁の君	柏木・大君・中の君	6290（6318）	667

を目指した。表のうち「③合計」の数値が発話の総量である。[8] 正編では、光源氏と藤壺の密通を手引きした王命婦、柏木を女三宮に仲介した小侍従といった作中の重大事を実現させた女房でも、発話が語られる箇所は少なかった。そのなかで最も発話の量が多かったのは、夕顔と玉鬘に仕えた右近であったが、弁の君の発話量の方が圧倒的に多く、右近の二倍以上になっている。表のうち「④最大」には、一回の発話で最も多かった分量、要するに長台詞の最大量を示しており、これも正編では右近が最も長いが、大差ではないものの弁の君の方がやはり上回っている。[9] 単純な比較ではあるが、物語が宇治十帖に至って作中女房の発する言葉により多く筆を割くようになっていることがみてとれるのである。

この膨大な弁の君の発話が物語内容上いかなる機能を果たしているのか、弁の君に関する先行研究の見解を整理しながら、さらに検討していきたい。とくに弁の君の発話が他人物の心情を様々に喚起して薫の恋や大君の死、浮舟の登場を導く要因になっていることや、発話を通して弁の君自身の生き永らえる悲しみが描き出されていることをみていきたい。弁の君の発話について検討することで、女房の発話を各局面の動因とする橋姫巻以後の展開方法を究明し、主人公たちだけでなく女房の内面にも焦点をあてようとする物語の語りの態度を明らかにすることを目指す。

（二）　秘事の伝達までの発話と薫の疑念

　弁の君が担う役割のなかでもとりわけ注目されてきたのが、薫に対する出生の真相の告知である。弁の君は薫に実の父が光源氏ではなく柏木であることを告げるが、この秘事の伝達が薫の恋の進展とどのように関わっているのかが問題とされてきた。秋山虔氏は薫が出生の真相を知った後、弁の君による秘事の漏洩を疑って姫君たちに接近する点から薫と宇治のつながりを「補強」する機能を論じている。[10] 弁の君が出生の真相を伝えたことは薫に宿世の業を思い知らせ、大君との恋を停滞させているとみる立場もあったが、[11] 薫が出生事情を知って道心を強めたことは、厭世的な態度を持つ大君への恋着につながっていると日向一雅氏に指摘されている。[12] このように弁の君による出生事情の伝達は、秘事の漏洩を疑わせる等の形で薫の恋の進展を促していると考えられてきたのであった。しかし近時は、薫の疑念は弁の君の実態から乖離したものであるとする解釈が通説化しており、弁の君の言葉が薫の恋を促しているとするのではなく、むしろ薫の方が弁の君の存在を利用して自らの恋心を合理化していると考えられている。薫の認識を誤ったものとするのは永井和子氏の論が早く、弁の君が実際には姫君たちに秘事を漏らしていないことから「薫の方では弁が他の人にも「問はず語り」をするのではないか、と懸念するが、実はそんなことはなくて、弁は「子」である人物にしかその物語を語ることはしていない」と説いており、[13] 同様の観点から弁の君を「忠実で信頼のおける女房」であるとして、薫は「偽りの弁の君像〔強調は原文ママ〕を作り上げ」て「大君接近を正当化・合理化」しているとする論もある。[14] 弁の君を信用に足る人物とするのは、総角巻以後の造型の変化を説く論が橋姫巻の弁の君を「秘密を知る者としての重み」があるとしたのとも通底しているように思われる。[15]

　以上のように、弁の君を信用に足る人物と捉え、薫の疑いを不自然であるとする理解は、果たして妥当なのであろうか。たしかに「昔の御事は、年ごろかく朝夕に見たてまつり馴れ、心隔つる隈なく思ひきこゆる君たちにも、一言うち出できこゆるついでなく、忍びこめたりけれど」（椎本⑤二〇一頁）とあるように、弁の君は姫君たちに薫の出生事情を漏らしていないようである。しかし弁の君の発話を辿り直すと、登場時から秘事の伝達に至る過程では、その無遠慮で多弁な印象が表されていたように思われる。そうした点に注目すれば、薫の疑念はむしろ自然なものといえ、やはり弁の君の言葉が恋の進展を促していると考えられるのではなかろうか。弁の君の発話と薫の恋の関わりを再検討したい。

まず弁の君の登場場面における発話を取り上げる。八の宮が不在の折、薫は姫君と御簾越しに対面するが、姫君が薫の応答に窮したとき、代わって弁の君が応対に出る。

たとしへなくさし過ぐして、「あなかたじけなや。かたはらいたき御座のさまにもはべるかな。御簾の内にこそ。若き人々は、もののほど知らぬやうにはべるこそ」など、したたかに言ふ声のさだ過ぎたるも、かたはらいたく君たちは思す。「いともあやしく、世の中に住まひたまふ人の数にもあらぬ御ありさまにて、さもありぬべき人々だに、とぶらひ数まへきこえたまふも見え聞こえずのみなりまさりはべるめるに、ありがたき御心ざしのほどは、数にもはべらぬ心にも、あさましきまで思ひたまへきこえさせはべるを、若き御心地にも思し知りながら、聞こえさせたまひにくきにやはべらん」と、いとつつみなくもの馴れたるもなま憎きものから、けはひいたう人めきて、よしある声なれば、「いとたづきも知らぬ心地しつるに、うれしき御けはひにこそ。何ごとも、げに思ひ知りたまひける頼み、こよなかりけり」とて、寄りゐたまへるを　（橋姫⑤一四三―四頁）

弁の君はほかの女房が薫を簀子に通したのを難じているが、その様子は「たとしへなくさし過ぐして」とされており、憚りのない態度であることが表れている。また弁の君は薫が八の宮家を顧みてくれていることに感謝し、「若き御心地にも思し知りながら、聞こえさせたまひにくきにやあらん」と、口には出さないながら姫君たちも薫の誠意に感じ入っているのだとする。この発言は、直前の薫と姫君の会話の応酬の流れを汲んだものであり、薫が弁の君を無遠慮な者と捉えることにつながっているように思われる。

「かく露けき旅を重ねては、さりとも、御覧じ知るらんとなん頼もしうはべる」といとまめやかにのたまふ。〔略〕「何ごとも思ひ知らぬありさまにて、知り顔にもいかがは聞こゆべく」と、いとよしあり、あてなる声して、ひき入りながらほのかにのたまふ。「かつ知りながら、うきを知らず顔なるも世のさがと思うたまへ知るを、一ところしもあまりおぼめかせたまふらんこそ口惜しかるべけれ。」　（橋姫⑤一四二頁）

鈴木日出男氏は『源氏物語』中の対話について共通する言葉を交わし合う「キャッチボール」であると評したが、[16]本場面の薫と姫君も「知る」を交わして対話している。薫は「かく露けき旅を重ねては、さりとも、御覧じ知るらん」と、京から離れた宇治の地を訪れ続けているのだから自身の誠意を理解しているであろうと訴える。それに対し姫君は、薫が「御覧じ知るらん」と述べたのを「何ごとも思ひ知らぬありさま」と言葉を受けつつかわし、「知り顔にもいかがは聞こゆべく」と続け、何事も弁えない自分が訳知り顔で答えることなどしかねると返す。また薫は姫君の述べた「知り顔」を「かつ知りながら、うきを知らず顔」と言い換え、実際にはこちらの憂いを察していながら知らぬ顔をしているとあてこすりつつ、それも世間一般の習いであると応じながらも、姫君の態度を冷淡なものとなおも恨み、閉口させてしまう。薫と姫君の会話は、男君の誠意を理解しているか、という話題が「知る」を介して展開されていたのであり、弁の君の「若き御心地にも思し知りながら」云々という言葉は、二人の応酬の流れを汲みながら、そのなかに割って入るものであったと考えられる。

弁の君が応対に出たとき、薫は弁の君の雰囲気や声については「けはひいたう人めきて、よしある声」と、成熟していて風情を感じるものと好意的に受け取っている。それゆえ「いとたづきも知らぬ心地しつるに、うれしき御けはひにこそ」と弁の君の応対に感謝し、弁の君が「若き御心地にも思し知りながら」と述べたのを、「げに思ひ知りたまひける頼み、こよなかりけり」と受けている。弁の君に一面では好意を抱き、会話を継続することは、こののち出生事情について聞き知ることにつながっていく。だがここでは、薫が弁の君の言葉を「いとつつみなくもの馴れたるもなま憎き」と、無遠慮で馴れ馴れしいとも感じている点に注目したい。薫が弁の君の言葉を出過ぎたものと憎らしく思っているのは、女房である弁の君が姫君との会話に割って入り、姫君に求めたはずの応答を代わってしているためと考えられる。以上のように弁の君の登場場面では、発話を通して弁の君の憚りのない性格が表され、その無遠慮さを薫も認識していたのである。

またこれ以後語られる弁の君の発話量の多さにも注目したい。本場面に続いて弁の君が柏木の乳母子であることを明かし、その遺言によって薫に伝えるべきことがあると述べた箇所（橋姫⑤一四五―七頁）の分量は、『新編日本古典文学全集』の校訂本文では六〇三字である。先述のとおり、正編において最も長い言葉を発していたのは右近であったが、その最大量五三二字をも上回っている。以後語られる弁の君の発話量も多く、再訪した薫に出生事情を伝える箇所（橋姫⑤一六〇―一頁）が四七三字、続く八の宮家に仕えるに至った経緯を語る箇所は四〇八字である。右近の発話の最大量には及ばないものの、正編のほとんどの女房の発話の最大量を上回っている。こうした弁の君の発話の膨大さは、そのまま弁の君の多弁な印象を表すことにつながっているのではなかろうか。弁の君が柏木の乳母子であることを薫に明かしたとき、薫の心情は「あやしく、夢語、巫女やうのものの問はず語りすらんやうにめづらかに思さるれど」（橋姫⑤一四七頁）と語られている。弁の君の言葉を「夢語」、あるいは「巫女」の「問はず語り」と感じるのは、長年疑問を抱いていた出生に関わる内容であることを察して衝撃を受けているためと解されるが、「問はず語り」であるという印象自体は、弁の君の言葉数の多さによって生じたものと思しい。発話の膨大さが弁の君の喋喋しい印象を表し、薫にもその言葉を「問はず語り」であると思わせたのだと考えられる。後の場面で薫が弁の君を召し出す際には「問はず語りの古人召し出でて」（椎本⑤一八三頁）と語られており、「問はず語り」をする者という認識が定着していることもみてとれる。

　そして弁の君から出生事情を聞き知った後、薫は弁の君による姫君たちへの「問はず語り」を度々疑っている。

　　かやうの古人は、問はず語りにや、あやしきことの例に言ひ出づらんと苦しく思せど、かへすがへすも散らさぬよしを誓ひつる、さもやとまた思ひ乱れたまふ。（橋姫⑤一六三頁）

　　古人の問はず語り、みな、例のことなれば、おしなべてあはあはしうなどは言ひひろげずとも、いと恥づかしげなめる御心どもには聞きおきたまへらむかしと推しはかるるが、ねたくもいとほしくもおぼゆるにぞ、またもて離れてはやまじと思ひよらるるつまにもなりぬべき。（椎本⑤二〇一頁）

　薫は一般に「古人」が「問はず語り」をするように、弁の君も自身の出生事情を姫君たちに伝えてしまっているのではないか、と疑う。弁の君のように、密通で生まれた人物の出生事情に触れる女房は正編にも登場しており、とくに王命婦が秘事の漏洩を疑われる場面があるが、王命婦に疑いがかけられるのは、実際に秘事が伝わった後になってからである。冷泉帝は実の父が光源氏であることを夜居僧都から聞き知り、光源氏に譲位の意をほのめかすが、その段になって光源氏は「物のついでに、つゆばかりにても漏らし奏したまふことやありし」（薄雲②四五七頁）と王命婦を問いただすのである。弁の君の場合は、実際には姫君たちに秘事が伝わっていないにも拘わらず、薫から漏洩の疑いをかけられているのであるが、それは登場時より無遠慮で多弁な印象が表され、その性格を薫も認識していたためであろう。先述のとおり王命婦の場合、発話はごく少量しか語られていないが、弁の君の場合は、発話を通して秘事を漏らしていたとしてもおかしくはない印象が表現されていたのであり、それが薫の疑念を必然的に生じさせたのだと考えられる。弁の君を信用に足る人物として、薫の疑念を不自然なものとする従来の理解は、登場以来の弁の君の描写を考慮せず、薫の出生事情を姫君たちに伝えていない事実のみに力点を置いた解釈だったのではなかろうか。

秘事の漏洩を疑う薫について、語り手は「またもて離れてはやまじと思ひよらるるつまにもなりぬべき」と、姫君たちに執着を深める契機になったとしており、実際この後薫は大君との関係に傾倒していく。薫の現世離脱の志向と大君への恋心は軌を一にする形で生じてはいるが、この二種の心理は本来矛盾するはずのものであり、薫自身色恋によって絆が生まれるのを避けようとしており（匂兵部卿⑤二九頁）、姫君たちへの興味も当初は自制していたのであった（橋姫⑤一三三頁）。しかし弁の君による秘事の漏洩を疑うことで、薫が道心を抱いていながら、姫君たちに接近する展開が自然に導かれる。弁の君の発話は薫の疑念を必然化し、道心を保持したまま恋を進展させることで、解脱と執着の間で葛藤していく薫の内面を追究することを可能にしているのである。

（三）　大君への助言と不信感

薫が大君に懸想するようになった後、弁の君は二人の仲立ち役を務めている。先行研究ではこの仲立ち役としての姿勢が注目され、八の宮家の他の女房たちと異なり、弁の君には大君への誠意がみられることが指摘されてきた。薫との結婚を大君が拒もうとするとき、女房たちは保身を図って両者の関係を成立させようとしており、そうした女房たちに大君は不信感を募らせ死を決意するに至る[17]。しかし弁の君については秋山虔氏が「薫と大君との結縁をふさわしいもの、望ましいものと判断しながらも、女房としての分際を踏みはずすことなく説得しようとしている」「老女としての知恵と常識や、人情の暖かさをたたえている」と論じており[18]、三田村雅子氏も「物語は、弁君の態度が必ずしも一方的でなく、大君の立場や思いも十分汲み上げながら伝達に努めているようすを丁寧に伝えている」と説く[19]。またこうした弁の君の態度について古田正幸氏は、姫君たちの「後見」であったことが背景にあることを指摘している[20]。

それでは、諸氏に指摘されるように弁の君が誠意をもって仕えていたにも拘わらず、大君が周囲に不信感を抱いてしまうのはなぜなのであろうか。無論大君が弁の君に不信感を抱くのは、結局は弁の君も大君を貴顕と縁付かせようと動いているためではあるが、その内心の思いやりは大君にはまるで伝わっていないようである。両者の間に乖離が生じるのは、薫を拒み通そうとする大君の頑なな態度にも要因はあろうが、ここでは弁の君の側に力点を置き、その発話との関連に注目したい。すでに三田村氏は弁の君が大君に薫との縁談を受け入れるよう訴える長大な言葉（総角⑤

二四八―五〇頁、六三六字）のうち、「行ひの本意を遂げたまふとも、さりとて雲、霞をやは」と、出家しても生活は維持できないとする論理が他の女房たちの言葉と共通しており、そのなかで大君が心を閉ざしていくことに言及している。本稿では三田村氏の成果を引き受けつつ、弁の君が姫君たちの「宿世」に言及する箇所も他の女房たちの発言と共通している点に着目して、弁の君の発話と大君の死の関わりをより具体的に検討する。そのうえで大君が死に至る過程では、既存の物語の発想とは異なる「後見」の女房と主人の関係性がみてとれることも新たに指摘したい。

以下、弁の君が薫との結婚を大君に説得する言葉のうち、姫君たちの「宿世」に言及する箇所である。

「かくいとたづきなげなる御ありさまを見たてまつるに、いかになりはてさせたまはむと、うしろめたく悲しくのみ見たてまつるを、後の御心は知りがたけれど、うつくしくめでたき御宿世どもにこそおはしましけれとなむ、かつがつ思ひきこゆる。」（総角⑤二四九頁）

弁の君は大君が後ろ盾を持たないことへの心配を述べたうえで、将来心変わりしないかは定かでないにしろ、姫君たちの貴顕との縁談はすばらしい宿縁に恵まれたものであるとして大君を説得しようとする。本場面に先立つ薫との対面場面では弁の君について「例の、わろびたる女ばらなどは、かかることには憎きさかしらも言ひまぜて言よがりなどもすめるを、いとさはあらず」（総角⑤二二八頁）と語られており、薫の意向におもねる利己的な女房たちとは異なる存在として位置づけられていた。実際弁の君は薫に大君が中の君との縁談を望んでいることを伝えており（総角⑤二二九頁）、主人の意向を尊重しようとしていることが確かめられる。弁の君が大君に誠実であろうとするのは、古田氏の指摘するとおり、八の宮から姫君たちの「後見」を任命されていたためであると考えられ（橋姫⑤一五九頁、椎本⑤二〇〇頁）、「朝夕に見たてまつり馴れ、心隔つる隈なく思ひきこゆる君たち」（椎本⑤二〇一頁）ともあるように、弁の君自身、姫君たちに近侍するなかで親愛を覚えていたことが読み取れる。弁の君が大君に薫との縁談を受け入れさせようとするのも、結果として自身の生活の安定につながる意義を持っていても、保身を図っているのではなく、主人の行く末を切に案じて助言しているのだと考えられる。

しかし、そのなかの「うつくしくめでたき御宿世ども」という言葉は、他の女房たちの言葉と共通するものであったように思われる。次の本文は、中の君が匂宮と契りを交わしたのち、匂宮が宇治を訪れた場面である。

山里の老人どもは、まして口つき憎げにうち笑みつつ、「かくあたらしき御ありさまを、なのめなる際の人の見たてまつりたまはましかば、いかに口惜しからまし。思ふやうなる御宿世」と聞こえつつ、姫宮の御心を、あやしくひがひがしくもてなしたまふを、もどき口ひそみきこゆ。

（総角⑤二八〇頁）

老女房たちは中の君が貴顕と結ばれたのを喜び「思ふやうなる御宿世」と宿縁を称えている。老女房たちは「姫宮の御心を、あやしくひがひがしくもてなしたまふを、もどき口ひそみきこゆ」と大君が薫を拒もうとしているのを難じてもいるが、大君が弁の君に自身は独身を貫き薫には中の君を縁付かせたいと打ち明けたとき、弁の君は「いとあはれと見たてまつる」（総角⑤二四八頁）と憐れみのまなざしを向けていた。弁の君の大君に対する態度は他の女房たちとやはり対照的である。[21] しかし弁の君が大君に述べた「うつくしくめでたき御宿世ども」という言葉は、貴顕との縁談を導いた姫君たちの「宿世」を恵まれたものとする点において、本場面の老女房たちの「思ふやうなる御宿世」という言葉と同種のものであったと考えられる。薫の企てにより匂宮が中の君に通じた際、大君は「これや、げに、人の言ふめるのがれがたき御契りなりけん」（総角⑤二七二頁）と吐露しており、その宿世について逃れがたく苦渋を招いたものとしていた。中の君の宿世を否定的に捉えていた大君には、本場面の老女房たちの言葉は相容れない、楽観的なものとして受け取られたはずである。そして弁の君も、内心では主人の行く末を切に案じていたとしても、口にした言葉は他の利己的な女房たちの発言と共通していたために、その誠意は大君に伝わり得ず、他と同等の存在としてみなされるのだと考えられる。

こののち大君は女房たちをみな信用ならない者として、自死の決意を固めていく。紅葉狩で宇治に赴いた匂宮が中の君のもとを訪ねられないまま帰京した際、大君は自分も生き永らえれば男との関係で屈辱的な目に遭うだろうと予測する（総角⑤三〇〇頁）。そのうえで「ある人のこりずまに、かかる筋のことをのみ、いかでと思ひためれば、心より外に、つひにもてなされぬべかめり」（同頁）と、女房たちが貴顕との縁談を成立させようとしていることに意識を向け、いずれ望まない事態を引き起こすであろうと考える。大君は女房たちを「ある人」と一括して捉えており、弁の君と他の者たちとを峻別する意識は伺えない。女房たちを一様に信用ならない者とするなかで、両親の面目を汚さず自らも傷つかないうちに亡くなってしまおうと決意するのであった（同頁）。

以上のように、薫との結婚を受け入れるよう求める弁の君の発話は、出家をしても生活できないと訴える点のみならず、姫君たちの「宿世」を恵まれたものと説く点も、大君が弁の君を他の女房たちと同等の存在として不信感を抱き、死を選ぶことにつながっていると考えられる。主人の行く末を思って述べたはずの言葉が、主人が孤立を深め、死に至る結果を招いているのである。

このような弁の君と大君の関係性は、既存の物語における「後見」の女房のあり方と比較すると、典型から逸脱したものであったように思われる。『落窪物語』のあこぎが落窪の君を継母の虐遇から守り道頼と結び付けたように、物語に登場する「後見」の女房は多く主人の後ろ盾の不在を補い、窮地から救い出して幸福に導く役割を果たしている。[22]そうした発想の枠組みの中で『源氏物語』の正編では「後見」の女房が主人に助言をして事態を好転させる場面もみられる。少納言乳母は紫の上の「後見」として登場するが（若紫①二〇七頁）、光源氏に迎え取られた後も紫の上が雛遊びに熱中しているとき、「御男などまうけたてまつりたまひては、あるべかしうしめやかにてこそ、見えたてまつらせたまはめ」（紅葉賀①三二一頁）と諫め、紫の上に「我はさは男まうけてけり」（同三二二頁）と気づかせている。こののち光源氏が訪れたとき、紫の上は「例ならず背きたまへるなるべし」（同三三一頁）と平生とは異なり、間遠であったことを恨んでみせて、光源氏に「いみじうされてうつくし」（同頁）と感じさせており、葵の上のもとへ行こうとする光源氏に甘えて訪問を取りやめさせてもいる（同三三三頁）。少納言乳母の助言は、紫の上の妻としての自覚と成長を促しており、それが光源氏の愛情を掻き立て、後ろ盾を持たないなかでも他の妻より優位に立つことに寄与しているのである。

こうした既存の「後見」の女房のあり方と異なり、弁の君の助言は事態を好転させるどころか、主人との乖離を生み、死の決意を推し進めることにつながっている。「後見」の女房が主人を救済し幸福に導く、という既存の物語にみられた予定調和な発想はもはや捨て去られ、主人を思って述べた言葉が主人の悲運を招き寄せる、というあやにくな主従関係が新たに構築されているのである。

（四）生き永らえる悲しみと中の君の共感、浮舟の登場

大君が亡くなった後、弁の君はその死を深く悲しんでいる。物語で語られる弁の君の悲しみについては、従来あまり注目されておらず、秋山虔氏が「彫り出されたわびしさの胸うつものがある」と触れたほか、[23]薫の「《死を実感できない》側面を対比的に

映し出す」機能を説く徳江純子氏の論があるが、[24]その叙述の膨大さは俎上に載せられておらず、物語展開上の機能についても考察の余地があるように思われる。本論では、他者に先立たれ、自分だけが生き永らえていることに対する弁の君の悲しみが、大君の生前から発話を通して繰り返し語られていることに注目して、物語が主人公たちだけでなく女房の内面にも目を向けようとしていることや、大君死後の悲しみの発露が新たな女君、浮舟の登場を導いていることを指摘したいと思う。

　他者に先立たれることに対する弁の君の悲しみは、弁の君が登場する橋姫巻の段階からすでに語られている。以下、薫に出生の真相を告げた際、柏木が亡くなってから八の宮家に仕えるまでの経緯を述べる箇所である。

「むなしうなりたまひし騒ぎに、母にはべりし人は、やがて病づきてほども経ず隠れはべりにしかば、いとど思うたまへ沈み、藤衣裁ち重ね、悲しきことを思ひたまへしほどに、年ごろよからぬ人の心をつけたりけるが、人をはかりごちて、西の海のはてまでとりもてまかりにしかば、京のことさへ跡絶えて、その人もかしこにて亡せはべりにし後、十年あまりにてなん、あらぬ世の心地してまかり上りたりしを、この宮は、父方につけて、童より参り通ふゆゑはべりしかば、今は、かう、世にまじらふべきさまにもはべらぬを、冷泉院の女御殿の御方などこそは、昔聞き馴れたてまつりしわたりにて、参り寄るべくはべりしかど、はしたなくおぼえはべりて、えさし出ではべらで、深山隠れの朽木になりにてはべるなり。小侍従はいつか亡せはべりにけん。その昔の若ざかりと見はべりし人は、数少なくなりはべりにける末の世に、多くの人に後るる命を、悲しく思ひたまへてこそ、さすがにめぐらひはべれ」など聞こゆるほどに（橋姫⑤一六一―二頁）

　弁の君は柏木の死後、母も亡くし、夫に連れられ九州に移るが現地で死別し、帰京後八の宮家に仕えるようになったものの小侍従など同輩女房たちの多くは没しており、人々に先立たれたのを悲しみながら今もなお生き永らえているのだと述べる。女房が自身の出仕経緯を述べる場面は正編にもみられ、夕顔が亡くなった際に右近が「十九にやなりたまひにけん。右近は、亡くなりにける御乳母の捨ておきはべりければ、三位の君のらうたがりたまひて、かの御あたり去らず生ほし立てたまひしを思ひたまへ出づれば、いかでか世にはべらんとすらん。いとしも人にと悔しくなん。ものはかなげにものしたまひし人の御心を頼もしき人にて、年ごろならひはべりけること」（夕顔①一八八頁）と、臨終時の夕顔の年齢を光源氏に伝えながら、母の死後、夕顔の父三位中将に顧みられて夕顔に近侍したことに触れている。ただしこの場面で多く筆が割かれているのは、この発話に先立つ、夕顔が五条大路に住むに至った経緯や光源氏と出会ってからの様子について説明する言葉であり（夕顔①一八五―六頁、四六五字）、右近自身の出仕経緯と主人に先立たれた悲しみは（一五一字）、女君の素性を明かすなかで言及されたに過ぎないものであったと考えられる。この右近の事例と比較すると、本場面の弁の君の述懐はきわめて長大である（四〇八字）。本場面の膨大な発話は、薫の出生の真相という本来の話題とも直接関わりのない、まさに〝問はず語り〟であることもあり、先述のとおり、弁の君の多弁さを印象付けて薫の疑念を必然化することにつながっていよう。しかしここでは、弁の君の出仕経緯に筆が尽くされることで、多くの死別を経験してきた生涯が浮き彫りにされ、その生き永らえる悲しみが色濃く表されている点にも注目したい。本場面では、乳母子として近侍した主人や実の母、夫と死別した後、同輩女房の大多数にも先立たれた現状が確かめられており、それによって「多くの人」に先立たれながら自分だけが生き延びていることを嘆く弁の君の悲しみも、一定の現実味を帯びたものになっていると考えられる。

このような生き永らえることに対する弁の君の悲しみは、大君の死の前後においても繰り返し語られている。

一　「あさましく弱くなりたまひて、さらに頼むべくも見えたまはず。世に心憂くはべりける身の命の長さにて、かかることを見たてまつれば、まづいかで先立ちきこえなむと思ひたまへ入りはべり」と言ひもやらず泣くさま、ことわりなり。

（総角⑤三二六頁）

二　弁ぞ、「かやうの御供にも、思ひかけず長き命いとつらくおぼえはべるを、人もゆゆしく見思ふべければ、今は、世にあるものとも人に知られはべらじ」とて、かたちも変へてけるを、強ひて召し出でて、いとあはれと見たまふ。〔略〕「厭ふにはえて延びはべる命のつらく、またいかにせよとて、うち棄てさせたまひけんと恨めしく、なべての世を、思ひたまへ沈むに、罪もいかに深くはべらむ」と思ひけることどもを愁へかけきこゆるも、かたくなしげなれど、いとよく言ひ慰めたまふ。

（早蕨⑤三五八頁）

本文一は、大君が自死の決意を固めて衰弱していく場面であり、本文二は大君の死後、中の君の上京の準備が進められていく場面である。本文一において弁の君は大君の容態の悪化を薫に伝えたうえで、「世に心憂くはべりける身の命の長さにて」と、自身の寿命が尽きないことへの恨めしさを吐露し、大君が亡くなる前に先立つことを願っているのだと涙ながらに語る。本文二でも薫に対し「思ひかけず長き命いとつらくおぼえはべる」、あるいは「厭ふにはえて延びはべる命のつらく」と、自分だけが生き延びていることを嘆いている。登場段階より語られていた自身の寿命を厭う弁の君の悲しみは、大君という二人目の主人の死を契機としてさらに深められていると考えられる。桐壺更衣が亡くなった際、更衣の母も「寿さのいとつらう思ひたまへ知らるるに」と嘆いているように（桐壺①二九頁）、寿命の長さを嘆く思いは類型的な心情表現の一種であったと考えられるが、弁の君の場合はそれが繰り返され、掘り下げられていく点に特徴が認められる。

以上のように物語は、薫と宇治の姫君たちとの関係を語り進める過程で、多くの死別を経験した弁の君の生涯や生き永らえる悲しみにも焦点をあてていたのであった。作中女房を単に展開の筋道を推し進める機能的な存在として扱っているのではなく、人生史を持つ生身の存在として捉え、その内面を発話を通して掘り下げようとしていることがみてとれよう。橋姫巻以後の物語では、道心と恋心の間で葛藤する薫の心模様だけでなく、薫を拒み死に至る大君の心理も詳細に語られており、そうした点から宇治十帖を女性の生を描く物語と捉えて、薫も女君の内面を描き出すための存在に過ぎないと説く論すらみられる。[25] 宇治十帖が薫を主軸として展開していても、〝女の物語〟であるとする立場が生じるのは、叙述のうえで特定の人物のみに焦点があてられているのではなく、人物の総体が複眼的に語られていることに一つの要因があろう。そして薫と宇治の姫君たちの関係が推移する過程で、弁の君の生き永らえる悲しみが掘り下げられているのも、物語全体の語りの態度と連動する現象だったのではなかろうか。すなわち物語が光源氏という〝中心〟を失くして作中人物の群像をあらゆる角度から描き出そうとするとき、その目は女房の内面にも向けられるに至ったのだと考えられる。

また大君の死を契機として深められた弁の君の悲しみは、哀傷歌を通して中の君の共感を喚起することで、浮舟の登場を導いているように思われる。以下、中の君の上京に先立つ一場面である。

　人はみないそぎたつめる袖のうらにひとり藻塩をたるるあまかな

と愁へきこゆれば、

　わが袖〔略〕

「しほたるるあまの衣にことなれや浮きたる波にぬるるしばしのほども、心細くて立ちとまりたまふを見おくに、いとど心もゆかずなむ。〔略〕なほ世の常に思ひなして、時々も見えたまへ」〔略〕「かく、人より深く思ひ沈みたまへるを見れば、前の世もとりわきたる契りもやものしたまひけむと思ふさへ、睦ましくあはれになむ」（早蕨⑤三六〇―一頁）

出家した弁の君は、みなが上京に浮き立つなかで、自分だけが大君の死を悲しみ尼姿で涙に暮れていると中の君に訴える。これに対し中の君も「しほたるるあまの衣にことなれや」と、出家した弁の君に違わず自分も深い悲しみの中にあると同調し、上京後の不安定な境遇を思い涙で袖を濡らしていると詠む。実際、大君の死後、自分だけが生き永らえていることを悲しんでいたのは、弁の君だけでなく中の君も同様であり、早蕨巻の冒頭では春を迎えた心境が「いかでかくながらへにける月日ならむと、夢のやうにのみおぼえたまふ」（早蕨⑤三四五頁）と語られていたのであった。さらに中の君は、弁の君が宇治に留まることへの心残りを述べながら京での面会を求め、大君の死をとりわけ深く悲しんでいるのを見ると、大君との深い宿縁が思われ睦ましく感じられる、とまで述べている。第二章で取り上げた弁の君の登場場面において、薫は弁の君の声を「よしある声」と好感を抱いていたが、姫君たちは「したたかに言ふ声のさだ過ぎたるも、かたはらいたく君たちは思す」と、老い衰えたものとしてきまり悪く感じていた。当初中の君は弁の君に侮蔑的なまなざしを向けていたわけであるが、大君死後の悲しみの深さに触れたことで、同じ心情を共有する者として親愛を抱くようになったのである。

本場面で生じた中の君の弁の君に対する共感は、上京後、弁の君を羨んで宇治への帰郷を願うようになることにつながっているように思われる。匂宮の夜離れが続くなか、中の君は宇治に戻ることを決めて薫に援助を求めるが（宿木⑤三九七―八頁）、このとき「なほいかで静かなるさまにても過ぐさまほしく思うたまふるを、さすがに心にもかなはざめれば、弁の尼こそうらやましくはべれ」と、弁の君が宇治に留まっていることに言及している。中の君が帰郷を思い立ったのは、匂宮との関係が悪化したことが直接的な原因ではあるが、その思いを募らせた背景には、弁の君が宇治の地で心静かに大君を追慕しているのをうらやむ気持ちもあったのである。そしてこの弁の君に対する羨望は、弁の君が自身と同じ深さで大君の死を悲しんでいるのを確かめていたからこそ生じたものと思しい。自身と同じように大君を悼む弁の君は、その悲しみに身を委ねていられるのに対し、自分は夫との関係で心休まらぬ日々を送っている、そうした環境の落差が相手への羨望を生じさせ、帰郷への思いを募らせたのだと考えられる。弁の君に対し悲しみを共有する者として親愛を抱き、老い衰えた者と軽蔑しなくなっていたことも、相手をうらやむ気持ちが生じることを可能にしていよう。中の君の宇治への帰郷願望は、事態を浮舟の登場まで連鎖的に推し進めていく。[26] 中の君が帰郷の援助を求めて接近したことで薫は中の君への思慕を深め、その懸想をそらそうとして中の君も浮舟の存在を明かすことになるのであった（宿木⑤四四九頁）。

（五）浮舟の物語へ

以上、弁の君の発話の機能を検討してきた。弁の君の発話は他人物の心情を様々に喚起して、事態を動かしていく。薫に出生の真相を伝えるまでの発話は、弁の君の無遠慮で多弁な印象を表し、薫の秘事漏洩の疑いを必然化することで恋の進展を促し、大君に対する助言は、大君が弁の君を他の女房と同等の存在として不信感を抱き、死を決意する結果を招いていた。また登場以来の発話を通して弁の君自身の生き永らえる悲しみが掘り下げられており、大君死後の悲しみの発露は、中の君の共感と帰郷への志向を生じさせて浮舟の登場を導いていた。物語は弁の君の発話を各局面の動因として多用し、また膨大な発話を通して弁の君の内面を描き出していたのであり、それが正編の女房の発話量と比較したとき、弁の君の発話量が増大する結果につながったのだと考えられる。

このように作中女房の発話を物語展開の動因とし、またその内面に焦点をあてる姿勢は、浮舟の物語にも引き継がれているように思われる。とくに浮舟巻で浮舟が入水に至る過程では、右近が東国の姉の悲話を語って聞かせたことが自死の決意を推し進める結果を招いており（浮舟⑥一七八―九頁）、東屋巻では八の宮に召人として冷遇された中将の君の苦渋の経験とそのなかで生じた結婚観が発話を通して詳細に語られ（東屋⑥三五―七頁）、それも浮舟の進退を決する重要な要素になっている。弁の君の膨大な発話は、宇治十帖の物語展開における女房の発話の重要性や、複眼的な語りの態度を伺わせるだけでなく、浮舟の物語の方法が開拓されていく過程を垣間見せるものでもあったのではなかろうか。

※『源氏物語』の引用は『新編日本古典文学全集』に拠る。

〈注〉

（1）秋山虔氏「女房たち」（玉上琢弥編『鑑賞　日本古典文学　第九巻　源氏物語』角川書店、一九七五年）

（2）篠原昭二氏「大君の周辺――源氏物語女房論――」（『国語と国文学』第四十二巻第九号、東京大学国語国文学会、一九六五年）

（3）三谷邦明氏「源氏物語第三部の方法――中心の喪失あるいは不在の物語――」（『物語文学の方法Ⅱ』有精堂、一九八九年、初出一九八二年）

（4）原岡文子氏「『源氏物語』の女房をめぐって——宇治十帖を中心に——」（『源氏物語とその展開　交感・子ども・源氏絵』竹林舎、二〇一四年、初出二〇〇二年）

（5）注3三谷邦明氏、神田龍身氏「分身、差異への欲望——『源氏物語』「宇治十帖」——」（『物語文学、その解体——『源氏物語』「宇治十帖」以降——』有精堂、一九九二年、初出一九八八年）

（6）正編にも多くの女房が登場するが、ここでは内容上主だった役割を果たしているとみられ、他の者との峻別も可能な人物を調査対象とした。「①女房」のうち「女三宮の乳母」は、「御後見どもの中に、重々しき御乳母」（若菜上④二九頁）とされる女三宮の婿選びで光源氏を推した人物である。また内裏女房の場合、「②主人」の項目には在位中の帝の名を記載した。

（7）本調査は、物語が各局面において一人の女房が発する言葉にどれほど焦点をあてているのかを明らかにすることを目指したものである。そのため調査対象は、女房の発話のうち、特定の一個人が発した言葉であることが明示されているものに限定した。女房の発話には、主体が「人々」等とされ、複数の女房が発した言葉として語られる場合もある。そうした誰の言葉であるのか明示されていない事例については、発話の主体に対象の女房が含まれる可能性が想定される場合でも調査結果から除いた。このほか物語にはある人物がほかの人物に女房を介して言葉を伝える場面も存在し、そうした女房による取り次ぎは実際には女房が言葉を発していると考えられるが、女房自身の発言内容ともいいがたいため結果からは除いた。ただし女房が発話の過程でほかの人物の発言に言及するとき、いわゆる間接話法の箇所については、女房の発話の一部であるとみて結果に含めた。また『新編日本古典文学全集』では作中人物の詠歌に鍵括弧が付されていない場合もみられるが、口に出して詠まれた歌であることが明らかな場合は発話の一種と捉え、例外的に結果に含めた。例えば早蕨巻の弁の君の詠歌には鍵括弧が付されていないが、歌の末尾が「と、うちひそみ聞こゆ」（早蕨⑤三五九頁）、あるいは「と愁へきこゆれば」（早蕨⑤三六〇頁）と語られ、口頭で詠んだことが認められるため結果に含めている。

（8）手紙の分量は発話と区別して計測しており、発話の総量と合算した数値を「③合計」の（　）内に参考として示した。

（9）右近は長谷寺参詣の折、玉鬘一行と邂逅し、姫君の容姿をほめたたえる発言が最も長く（玉鬘③一一三—四頁）、弁の君は薫に対し大君が中の君との縁談を望んでいることを伝える発言が最も長い（総角⑤二二八—三〇頁）。

（10）注1秋山虔氏

（11）大朝雄二氏「薫と大君の物語（1）——弁の君の出現をめぐって——」（『源氏物語続篇の研究』桜楓舎、一九九一年、初出一九八二年）

（12）日向一雅氏「柏木の遺文」（秋山虔・木村正中・清水好子編『講座源氏物語の世界　第八集』有斐閣、一九八三年）

（13）永井和子氏「老人の語りとしての源氏物語——虚構と時間」（『源氏物語と老い』笠間書院、一九九五年、初出一九八二年）

（14）外山敦子氏「弁の君の呼称変化——薫の欲望を媒介として——」（『源氏物語の老女房』新典社、二〇〇五年、初出二〇〇二年）。同氏「弁の「昔物語」——薫の〈原点回帰〉の契機として——」（同書、初出二〇〇三年）の論中にも同様の見解がみられる。外山氏の論ののちも、星野佳之氏は薫が弁の君による秘事の漏洩を疑う場面について「証拠の品を利用するでもなく直ちに手放した彼女を信用しない薫の姿〔略〕の方に注目すべき」とし（「『源氏物語』宇治の大君を巡る女房の再検討——橋姫三帖の語り——」『清心語文』第九号、ノートルダム清心女子大学日本文学会、二〇〇七年七月）、古田正幸氏も「弁の君の実態からは離れた、薫の杞憂というべきものである」とする（「宇治十帖における弁の君の立場――柏木の「乳母子」／大君・中の君の「後見」として――」『平安物語における侍女の研究』笠間書院、二〇一四年、初出二〇〇八年・二〇〇九年）。

(15) 中野幸一氏「弁の君と女房たち」（秋山虔・木村正中・清水好子編『講座　源氏物語の世界　第八集』有斐閣、一九八三年）

(16) 鈴木日出男氏「『源氏物語』の心内語・対話」（『むらさき』第三十輯、紫式部学会、一九九三年）

(17) 注2篠原昭二氏

(18) 注1秋山虔氏

(19) 三田村雅子氏「大君物語――姉妹の物語として――」（『源氏物語研究集成　第二巻　源氏物語の主題　下』風間書房、一九九九年）。注14星野佳之氏も同様の指摘をしている。

(20) 注14古田正幸氏

(21) 注14星野佳之氏は本場面の老女房たちの中に弁の君も「埋没」しているとするが、これ以前に語られていた作中における弁の君の位相や大君への態度と矛盾するため、従い難い。

(22) 斎木泰孝氏「「後見」の役割――栄花物語を中心に――」（『物語文学の方法と注釈』和泉書院、一九九六年、初出一九八七年）

(23) 注1秋山虔氏

(24) 徳江純子氏「老女房「弁」について――薫とのかかわりを視座として――」（『平安朝文学研究』第三十三号、平安朝文学研究会、一九九六年）

(25) 石田穣二氏「大い君の死について」（『源氏物語論集』桜楓社、一九七一年、初出一九六八年）、池田和臣氏「薫の人間造型」（源氏物語探究会編『源氏物語の探求　第十五輯』風間書房、一九九〇年）等。こうした立場とは異なり、薫の重要性に注意を促す永井和子氏「宇治の大君」（『源氏物語と老い』笠間書院、一九九五年、初出一九七一年）や、陣野英則氏「「物語」の切っ先としての薫――「橋姫」「椎本」巻の言葉から――」（『源氏物語論――女房・書かれた言葉・引用――』勉誠出版、二〇一六年、初出二〇〇八年）等もある。

(26) 池田和臣氏「浮舟登場の方法をめぐって――『源氏物語』の『源氏』取り――」（『源氏物語　表現構造と水脈』武蔵野書院、二〇〇一年、初出一九七七年）

［付記］本稿は宮城学院女子大学人文社会科学研究所二〇二〇年度第四回公開研究会での発表内容を基にしたものである。ご教示を賜った先生方に心より御礼を申し上げる。

（やまぐちかずき・宮城学院女子大学特任助教）

国語国文　第九十巻（令和三年）総目録

投稿規定

一、投稿論文は、四百字詰原稿用紙にして五十枚以内を原則とします。

一、論文は未発表のものに限ります。機関リポジトリに公開した博士論文の一部などを改稿の上で投稿する場合は、公開したものとの違いを明らかにして下さい。

一、四百字詰原稿用紙二枚程度の要約文を添付して下さい。

一、論文と要約文を二部ずつお送り下さい。

一、論文末尾に「（なまえ・現職名）」の形で、氏名のよみと現職名をご記入下さい。（氏名は、間にスペースをおかずに平仮名でお書き下さい。外国人の方は平仮名もしくはアルファベットを用いて下さい。現職名は「～大学教授」のように所属と身分を記して下さい。大学院生の方は「～大学大学院～研究科～課程」のようにお書き下さい。）

一、パソコンを使用した場合、印字した原稿とともに電子メディアを同封して下さい。（電子メディアには論文と要約文の両方をおさめ、使用ソフトによるファイルの他にテキスト形式のファイルも添えて下さい。なお、使用ソフトの名前と、四百字詰原稿に換算した原稿枚数を明示して下さい。）

一、パソコン使用の場合は、なるべく、一行字数二十九字で印字して下さい。図表についても、字数をご配慮下さい。

一、平日昼間の連絡先一箇所（自宅と勤務先など）とメールアドレス、ご住所をお書き添え下さい。

一、採否の決定までに数ヶ月の日時を要することがあります。あらかじめご了承下さい。

一、採用・不採用に関わらず、原稿ならびに電子メディアはお返しいたしません。

一、論文掲載の場合は、本誌二部、抜刷二十部を贈呈いたします。余分に必要な場合は、再校正返送の際にお申し出下さい。但し、その分については実費を申し受けます。

一、投稿論文の宛先は左記の通りです。「投稿論文在中」とご明示下さい。

〒六〇六―八五〇一　京都市左京区吉田本町
京都大学文学部　国語学国文学研究室内　国語国文編集部
電話　〇七五―七五三―二八二四

購読のお申し込みは最寄りの書店もしくは

㈱　臨　川　書　店
〒六〇六-八二〇四　京都市左京区田中下柳町八
電話㈹〇七五（七二一）七一一一
振替口座〇〇九八〇-七-二七四三七〇

国語国文　第九十巻第十二号（通巻一〇四八号）

令和　三　年十二月二十日　印刷
令和　三　年十二月二十五日　発行

編集者　京都大学文学部 国語学国文学研究室
発行者　片岡　敦
印刷者　亜細亜印刷株式会社
発行所　〒六〇六-八二〇四　京都市左京区田中下柳町八　電話（代）〇七五（七二一）七一一一　振替口座〇〇九八〇-七-二七四三七〇　（株）臨川書店

90巻12号定価　本体一、〇〇〇円＋税
定期購読料（90巻4号～91巻3号）　本体一二、〇〇〇円＋税
（送料弊社負担）
＊定期購読は当該巻号のセットのみ承ります。

ISBN 978-4-653-04488-8 C3091

9784653044888
1923091010002

ISBN978-4-653-04488-8
C3091 ¥1000E

定価　本体1,000円＋税

国語国文

第九十巻　第十二号